潘壘
——著

總序

無擾為靜，單純最美

宋政坤

記得三十年前大二那年暑假，我一個人待在陽明山，窩在學校附近的宿舍裡——避暑、看書、打球，日子過得好不愜意。那時候我瘋狂的迷上讀小說，其中最喜歡且印象最深刻的就是潘壘寫的《魔鬼樹——孽子三部曲》、《靜靜的紅河》（以上皆聯經出版）。那年暑假我糾結在潘壘筆下小說人物的內心世界裡，山與海彷彿都充滿著熱與火，劇情結構好像電影，有鏡頭、有風景，愛恨糾纏，直叫人熱血澎湃。那是我年輕時代裡最美好的一個暑假，此後就再也沒有過。總覺得那年暑假帶走我少年時最後一個夏季！那段山上讀書無憂無慮的日子，在我記憶裡總是如此深刻。

之後幾年，我一直很納悶，像潘壘這樣一位優秀的小說家，怎麼會突然就銷聲匿跡似的，再也不見蹤影？難道他已經江郎才盡？或者他早已「棄文從影」？又或者是重返故鄉，至此消逝於天涯？我抱持這樣的疑惑，直到真正遇見他本人。

那是十年前（二〇〇四年）某天下午，《野風雜誌》創辦人師範先生，很意外地帶著一位看起來精神矍鑠的長輩造訪秀威公司。當他們突然出現在辦公室時，我一時還真有點手無足措，當時我正和幾位同仁開會，小小的辦公室擠不下更多的人，開會的同仁們見狀一哄而散。我一得知坐在師範身旁的就是作家潘壘時，當下真是驚訝到說不出話來，不是矯情，真正是恍然如夢。因為有太多年了，我幾乎再也沒有聽過潘壘的消息；就像已經有太多年了，我幾乎忘掉那一個青春的盛夏！

我們好像連客套的問候都還沒開始，潘壘先生就急著問我是否有可能重新出版他的作品，而且如果能夠的話，他想出版一整套完整的作品全集。我當時才確認，潘壘八〇年代以後再也沒有新作問世。他突然丟出這個難題，我一時竟答不出話來，想到這套作品至少有上百萬字，全部需要重新打字、編校、排版、設計，這無疑將會是一筆龐大的支出，以當時公司草創初期的困窘，我實在沒有太多勇氣敢答應。對於這麼一位曾經在我年輕時十分推崇而著迷的作家，竟是在這樣一個場合下碰面，我實在感到十分難堪。在無力承諾完成託付的當下，我偷偷地瞥他一眼，見他流露出一抹失落的眼神，老實說，我心情非常難過，甚至於有一種羞愧的感覺。這件事、這種遺憾，我很少跟別人說，卻始終一直放在心上，直到去年。

去年，在一次很偶然的機會裡，我得知國家電影資料館即將出版《不枉此生——潘壘回憶錄》（左桂芳編著），秀威公司很榮幸能夠從中協助，在過程中我告訴編輯，希望能夠主動告知潘壘先生，秀威願意替他完成當年未竟的夢想，這次一定會克服困難，不計代價，全力完成《潘壘全集》的重新出版。對我來說，多年的遺憾終能放下，心中真有一股說不出來的喜悅。作為一個曾經熱愛文藝的青年，已屆中年後卻仍有機會為自己敬愛的作家做一些事，這真是一種榮耀，我衷心感謝這樣的機會，這就像是年輕時聽過的優美歌曲，讓它重新有機會在另一個年輕的山谷中幽幽響起，那不正是我們對這個世界的傳承與愛嗎？

最後，我要感謝《潘壘全集》的催生者師範先生，感謝他不斷給予我這後生晚輩的鼓勵與提攜；同時也要感謝《文訊雜誌》社長封德屏女士，感謝她為我們這個時代的文學記憶保存許多珍貴的資料；當然，本全集的執行編輯林泰宏先生，在潘壘生活的安養院裡花了許多時間跟他老人家面對面訪談，多次往返奔波，詳細紀錄溝通，在此一併致謝。

無擾為靜，單純最美。當繁華落盡，我們要珍惜那個沒有虛華、沒有吹捧，最純粹也最靜美的心靈角落。當潘壘的生命來到一個不再被庸俗干擾的安靜之境，當他的作品只緩緩沉澱在讀者單純閱讀的喜悅中，我想，一個不會被忘記的靈魂，無論他的身分是「作家」，或是「導演」，都將永遠活在人們的心中。

謹以此再次向潘壘先生致敬！

二〇一四年八月一日

一

枯樹的剪影像童話裏的女巫，佇立在夜的荒原；右邊，是陰森而錯雜的墳場；霧，迷漫著，有詭異的光的投影。她穿著輕薄的紗衣，用一種慌亂的步子向前奔跑，冷風掀起了她的裙裾，當他要想轉身而不意被一株矮樹絆倒時，一個暴怒的聲音在這邊吼起來。

「Cut!Cut!」導演像一頭餓狼似的，陡然從他的那張大帆布椅上跳起來，忿忿地向那位顯然也被激惱了的女主角走過去。他指著剛才她跌倒的地方，氣勢洶洶地喊道：

「妳是怎麼跌的？妳跌過跤沒有？」

假如照她以往的脾氣，這場衝突是不可避免的。但是現在，她只是冷冷的衝著這位導演笑了笑，然後轉過身去，讓小李替她將那件時下最流行的玫瑰紅色寬領大衣披起來。小李是那種有多方面才能和興趣的男人，目前是這位新崛起的女明星的秘書。每日除了回覆影迷信和寫宣傳文章之外，還要兼管一切雜務。現在，他敏捷地點起兩枝香烟，然後送一枝到她的嘴上。

情勢的突然轉變，使這位有意挑釁的導演微微感到失望，他反而尷尬起來。他站著，緊緊的揑著手上那本被紅藍鉛筆畫得只有他自己才看得明白的劇本。攝影棚內的空氣像是驟然凝固了起來似的，只有佈景架上一盞有毛病的聚光燈發出輕微的吱吱聲。頓了頓，他猛然扭過身來，高聲嚷道：

「放學！」說著，他昂然過去拉開那扇活動大門，走出攝影棚。

外面，天色微微透亮了。用濕草燃燒而製造出來的煙霧沿著大門的狹縫鑽出去。

「關燈！」燈光師習慣地揮揮手，向站在電閘旁邊的助手命令著。然後使性地摜下手上的紗網。棚內跟著暗下來，只剩下棚頂中央的一盞大罩燈。

現在，為了不甘示弱，女主角哼了一下，隨手扔掉那支才吸上兩口的香煙。

「我才不急呢！反正已經折騰那麼久了，還在乎這一兩天！」她提高嗓門說：「小李，咱們走！」

她這一嚷，其餘的人也忍不住咕嚕起來了。劇務眼看事態嚴重，連忙過去攔住要走的人，說好說歹要請對方看他的面子，事情讓他去解決。因為這部「流螢曲」已經整整拖了六個月，所有的工作人員都被拖得精疲力盡了；而這場夢境卻是最後的一場戲。從昨天的早上開始，已經連續的工作了二十個鐘頭，現在只剩下兩三個鏡頭了，所以，每個人都希望在天亮之前將它趕完，了掉這件事。

為了相同的理由，女主角終於讓步了，但她的條件是只等十分鐘。

「好！我擔保！絕對不超過十分鐘！」劇務委屈求全地打著躬，然後急急忙忙的向黎牧走過來。

「副導演，」他說：「咱們還是去一趟吧？」

從剛才那個鏡頭的第一次ＮＧ（重拍）開始，黎牧便坐在棚角的一把矮梯上，靜靜的看著這一幕「戲」。

「這才是真正的戲劇！」他痛心地向自己說。

女主角在那邊又嚷起來了。她批評那位導演是個草包，不學無術，同時發誓以後絕對不演他導的戲。旁邊的工作人員不願意表示意見，因為她的出身並不見得比那位導演高明。

劇務回過頭，繼續低聲懇求道：

「去幫兩句腔吧，只剩下兩三個鏡頭了……」

「你還在乎他再拖一天嗎？」黎牧淡淡地回答。

「可是我們已經答應過廠方，九點鐘以前要把棚讓出來的！」

「他知不知道？」

「怎麼不知道，是他自己答應廠長的。」

「那就是了！」黎牧平靜地說：「你想：他答應下來的，他不急，我們又有甚麼辦法——而且，你應該知道他的狗熊脾氣，要去，你一個人去；要是我去了，事情反而會弄僵的。」

劇務想了想，無可奈何地吁了口氣，轉身走了。

場記小楊挾著他的隨身法寶向黎牧走過來。

「你看會不會來？」他問。

「也許會來，也許不來。」黎牧回答。

「我敢跟你打賭，他不來！」

「可是老趙的嘴，死人也會讓他說話的。」

「情形不同呀，」小楊狡猾地笑笑，「他故意在整她，你還看不出來？假如連跌一跤都那麼認真，NG八次，那麼這部片子就應該重拍了！」發覺對方沒有反應，他索性在旁邊坐下來，接著說：「小藍也不好，她在別人面前損他的話全讓他聽到了——你猜是誰告訴他的？你一定猜不著！」

「我當然猜不著。」

「小李！」

「他？」黎牧本來對於這些閒話是向來沒有興趣的，但這個答案太使他驚訝了。他望望藍依身邊的小李，然後回過頭：「他不是小藍的人嗎？」

「戲就在這裏啦！」小場記眨眨眼，湊過頭去說：「你曉得為甚麼？馬導演答應下一部戲要提拔他，害得這小子這兩天連走路都在端著小生味兒呢！」

「難道小藍不知道？」

「怎麼會不知道？話能夠傳到這邊，也就能夠傳過那邊。你以為她把他當作寶貝呀，還不是暫時墊墊檔，反正她馬上就要去香港了！」

這不就是最好的戲劇嗎？黎牧在心裏想：每個人都是其中的一個角色，大家碰到一起，發生了一些故事：誰出賣了誰，誰和誰吵過架，誰和誰相愛了等到戲完了，人散了，是悲劇？喜劇？鬧劇或者諷刺劇？他們都知道，但都弄不清楚。因為有些人認真，有些人當它是兒戲，有些人卻完全忽略了。正如在這個攝影棚裏所產生的戲劇一樣：倫理、愛情、戰爭、歌唱、儘管各有類型，但都是一樣的；最後，總是隨著人生未完成的那一部份，悄然離開這個地方。也許，他們以後會再走進來，又碰在一起。可是，一切都改變了：好人變成了壞蛋，淫娃變成了節婦；新的環境和事物使他們忘掉了自己……。

黎牧不自覺地笑起來了。他驀然發覺自己以前對於任何事情都太理想，將一切都想得太天真，太美，而現實就是這樣矛盾而不和諧的。

這樣一想，他隨即感到心平氣和起來，那些錯誤都變成必然的了。

推溯得遠一點，他找尋這個夢就是最大的錯誤。要不然他現在可能是一個律師、工程師或者是醫生，但入大學的第二年他便轉了系，專攻美術。他認為自己是一個絕對的唯美主義者，美學是一切藝術的基礎，而我們的第八藝術卻缺乏這種主要的原素。於是，離開了學校之後，他開始向那些發光和色彩斑爛的地方摸索；他參加過劇社，演過戲，當過設計師，在廣告社做過策劃人，終於讓他在五年前跨進了這座「宮殿」的大門，正正式式的成為一個電影工作者。

可是，他很快的便發現理想只是理想而已，他了解愈多，愈感到失望；現實的醜惡傷了他的心，反抗和掙扎使他顯得更加可憐愚昧；他在周圍嗅不到絲毫藝術的氣息，他孤立無援，理想和夢愈來愈離開得更遙遠。

曾經有好幾次，他發誓要放棄掉這個夢想，但他馬上又勸慰自己，讓自己再忍耐一個時期，於是，一次一次的拖下去，他反而感到有點留戀不捨了。

六個月前，他被派到這部戲上來，副導演只是名譽上比較好聽而已，實際上只是一個介乎雜役與傀儡之間的角色；但對於這種工作，他並不陌生，他已經幹過四五部片子了。經驗告訴他，一個好的副導演，就是對一切錯誤都能視若無睹，同時還得緘口不言的人。這點，他在這部片子中完全做到了。

這部片子的開拍就是一個不可饒恕的錯誤。而且決定得太草率，沒有充分的籌備；劇本在拍攝中仍在不斷的修改。削趾就履的結果使主題被歪曲了，因此不得不勉強加些生硬的東西進去加以補救，結果弄得不倫不類，非驢非馬。當然，導演事先沒有計劃，亂了章法，這也是原因之一，另外再加上女主角要趕戲，部份佈景和服裝道具也出了問題；還有兩次出外景都碰上大寒流等等不愉快的事，原定六十個工作天卻足足拖了六個月，成績如何便可想而知了。

「反正馬上就完了，」他說：「這次我一定要好好的考慮一下」

「考慮甚麼？」小楊注視著他，奇怪地問。

黎牧掩飾地笑笑。隨口說：

「嗯，考慮要跟你打賭導演來不來？」

場記的神情驟然振作起來。

「你賭他會來？」他接著問。

「嗯，我賭他馬上就要來。」黎牧這樣說，其實他心中毫無把握。

「好吧，我賭他不來——我們賭一包雙喜。」

「一句話！」

黎牧的話猶未完，那位卑屈的劇務老趙和餘怒未消的馬導演卻一前一後的走進攝影棚，比藍依小姐限制的時間超出了五分鐘。

「算我倒霉！」小楊翻翻眼睛，吐了一口氣，然後懶懶散散的向馬導演走過去。

馬導演進來之後，連誰都不屑於望一眼，便一屁股坐在他的大帆布椅上。那個綽號叫做「孫子」的場務老張連忙巴結的獻上一杯熱茶。

女主角撇撇嘴，含著一種比甚麼都快意的輕笑。

「開燈！」馬導演重濁的聲音吼起來了。

因為燈光是早已打好了的，藍依抖下肩頭上的大衣，走到她的位置上去。整個攝影棚跟著沉靜下來。可是，馬導演始終沒有喊口令。他皺著眉頭，摸著下巴，像是完全忘了這回事兒。那邊，女主角開始有點按捺不住了，她冷得在發抖。為了不甘示弱，她大聲向她的跟班嚷道：

「小李，拿大衣來給我披披！」

小李瞟了馬導演一眼，為難地向她走過去。馬導演盯著他，忽然露出一絲獰惡的笑意。

「老趙，」他向身邊的劇務說：「去請副導演來！」

黎牧吃了一驚，因為這是從未有過的事。於是他連忙跳下來，向他走過去。

馬導演矯飾地從帆布椅上站起來，將手上的劇本遞給黎牧。

「喏，你來執行！」他用一種陰詐而帶有嘲弄意味的聲音說：「大明星的戲，我導不來！」

黎牧楞著，並沒有去接劇本。因為馬導演這種手法太突然，頓時使他感到手足無措起來。

「別開玩笑了，導演！」他含糊地說。

「誰跟你開玩笑？」馬導演半真半假地嚷道：「喏，拿去——你不是一直想喊喊開麥拉的嗎？」

是的，黎牧很想喊一次「開麥拉」，但始終沒有機會。公司方面曾經有一次考慮讓他執行一部一分鐘長的廣告片，可是後來又告吹了。現在，他猶豫了一下，終於搖了搖頭，因為他已經從對方的神色中窺察到這只是一種姿態——故意捉弄那位女主角的姿態。

「不行，我喊不來！」他笑著說：「只剩下兩三個鏡頭，還是你自己來吧？」

馬導演慢條斯理地清清喉嚨，斜睨著臉色難看的女主角。幸虧她不再做聲，極力抑制著自己；再加上邊上的人幫著打圓場，馬導演才算是收回成命，重新大模大樣地在大帆布椅上坐下來。

為了表示自己的經驗老到，他臨時將原先設計的戲改了；本來女主角要跌倒的，現在他要她一直跑過去。因此，那個跌倒的特寫鏡頭取消了。這就是他的長處，假如他討厭某一個演員，即使那是主角，他也有辦法使對方無從露臉的，除非那是背對鏡頭，或者是焦點之外。

所以，十分鐘不到，「流螢曲」便算是全部殺青了。馬導演照例舉手向全體工作人員致謝。黎牧忽然想起剛才那兩個鏡頭忘了製造煙霧，那堆濕草在導演離開攝影棚之後便熄滅了。

「他不會在乎這一點的，」他安慰自己：「他甚至希望黑房將全部底片冲壞掉呢！」

現在，戲完了，大家連連打著呵欠，困乏地離開攝影棚。外面，天已經亮了，有薄薄的晨霧和早春的輕寒。

馬導演在臨走之前吩咐攝影師馬上將底片送到黑房去，如果沒有毛病便叫老趙去通知廠方拆景；至於剪接工作，他交下來給黎牧負責。

人都走了，黎牧還呆呆的站在攝影棚的大門外。雖然經過一天一夜的工作，他已經感到相當疲乏，但頭腦卻非常清醒；他記起當他第一次走進這座門時的情形。現在回想起來，他覺得很可笑，可是他又不自覺地回身走進攝影棚裏，裏面的燈光全熄滅了，空虛而靜寂。

一種悲哀之感驟然向他襲來，他又感受到那種既熟悉而又陌生的激動。

「嘿，黎牧！」

他回轉身，發現剪接師小邵站在門外面，門後的光線使他整個身體變成了一個剪影，他的影子長長的投射在地上。他望著他，突然若有所得地叫起來。

「小邵，你就這樣站著。」他喊道：「別動——千萬別動！」

小邵正要問他，又把話咽住了，因為他看見黎牧已經拿出他的炭筆在紙夾上畫起來了。他這種「毛病」是眾所周知的，碰著的人只好自認倒霉。

對於美術的愛好他是非常固執的他就是那種固執地思想和固執地生活的那種人。他離不開美術，美的東西永遠是和他息息相關的。籬上一朵孤獨的小黃花，參差不齊的陋巷、變幻的晚霞、零亂的線條和光影的組合……等等，都會使他感動。他憎恨那種不在衣服上配顏色的人，他鄙視那種不懂得光明和黑暗同樣是美的人，他厭惡那種不用色澤表示感情的人——而他的感情則是尖銳的，熱時如火，冷時似冰，愛和恨一樣的強烈。

冬天，他穿著一件半長不短的米黃色呢大衣，脖子上圍著一條碎花的棗紅色絲圍巾，頭上斜斜的壓著一頂咖啡色的法國帽；這種打扮使他的身材顯得略為矮了一點，但，這就是他所要求的「味兒」，正如在夏天他總是穿些花色古怪的香港衫一樣，這種趣味永遠不會改變。

愛替別人畫速寫素描，也是他那不變的生活習慣之一。

現在，他很快的便將草稿打好了，他伸開手瞄了瞄。

「對！味兒對了！」他得意地自語道。

小邵打了個呵欠，伸伸懶腰。

「畫好了沒有？」

「好了，快好了！」他用力斜著畫筆在打兩邊的陰影，一邊說：「這張畫我一定送給你——不過你一定要配個畫框將它掛起來。」

「謝謝你，不過我的房間裏連掛一雙襪子的地方都沒有了！」

小邵這句話微微傷了黎牧的自尊心。但他原諒他，因為小邵的女朋友每個月都要送給他一張放大的藝術照，他不得不將它們全都掛起來。

「沒關係，」黎牧說，「等你結了婚，房子大一點的時候再掛好了。」

這張畫終於畫好了，小邵如釋重負地向黎牧走過來，他想看一看。但黎牧已經將紙夾合攏，聲明還有一些地方需要修改，準定明天送給他。

剪接師有點失望，向棚裏望望，他忽然想起來。

「你們甚麼時候完的？」他問。

「剛剛完——幾點鐘了？」

「七點不到。你該回去休息了，你看你的眼睛。」

黎牧點點頭，沉重地吁了口氣。當小邵擺好姿勢，開始打太極拳時，值班的工友從前面屋子的通道向他們走過來。

「黎先生，你的電話。」

黎牧知道是太太打來的，所以一拿起話筒，他便親暱地叫對方的小名。

「小乖乖，是妳嗎？」

「少肉麻！」他那年輕的太太在電話裏問：「我問你，昨晚怎麼不回來？」

「拍通宵呀，太太！」他困難地解釋道。

「通宵？昨天不是在早上開始的嗎？」

黎牧著急起來，因為他這位「娃娃新娘」是出了名的醋罈子，他知道她在想些甚麼了。

「是的，早上開始，」他故意將聲調放慢，讓自己有充分的時間注意話句裏的修辭，「本來在晚上可以完的，誰曉得幾個鏡頭拖了一個晚上，而且……」

「那麼你也要早點通知我呀！害我等門等到天亮！」

他似乎已經隱隱聽到她的哭聲了。

「小乖乖！小乖乖！」他急急地喊著，直至對方用平靜的聲音回答時，他才鬆下一口氣。「好，我賠禮，這怪我不好。」

「哼，幸虧你接著這個電話……。」

「我知道，我也覺得今天我特別走運，要是早走一步，這場官司真是有口難辯了！」

「你當心點好了，萬一有天給我抓到了……」

「小乖乖，妳毛病又來了是不是？」他有點厭煩起來，但接著嘆了口氣，索性不說話。

「你現在可以回來了吧？」

「可以，太太，我正要動身吶！」

「哦，順便把『糯米糕』拖來！」

「拖他幹甚麼？」

「今天是甚麼日子你忘啦？」

他想了想：他記得他們兩個人的生日都在秋天，那麼今天是甚麼日子呢？他知道小乖乖是最講究而且最在乎這種事的，他記得有一年他忘了她的生日，結果她足足生了一個月的氣，沒有好臉色讓他看。於是，他機警地說：

「怎麼會忘呢！」他連忙把話岔開：「不過，在這個時候，麥高這傢伙一定起不來的。」

「不管，就是抬你也得將他抬回來！」還沒讓他接上嘴，對方已經把電話掛斷了。黎牧緩緩的放下話筒，仍然想不起太太所指的是甚麼事？

二

黎牧到麥高的住所時，已經是九點半鐘了。

事實上，他離開片廠，便到他那兒去；可是，當他走到牯嶺街尾段一條小巷的巷口時，他忽然覺得，在這種時候鬧醒一個過夜生活的人，實在是一種罪過。他想，麥高昨晚也許和自己一樣，熬了一個通宵；因為他在婚前是和他住在一起的，他了解他的生活習慣。於是，他先到附近的攤子上吃了一碗豆漿，然後向南海路那邊走去。

他一邊走，一邊竭力思索今天是一個甚麼重要的日子，但依然毫無所獲。在一條路口，他停下腳步。因為，一個年輕人在街角寫生，旁邊圍著幾個人，他走過去，那個年輕人剛剛開始在畫紙上著色，看不出甚麼特色，構圖也十分平庸。他笑笑，他想起以前的事。他也在街頭寫過生，而第一次的印象他永遠忘不了：那天他只畫了一半便收拾回去了，因為看的人太多，使他無心作畫。

走開之後，他忽然想起手上的紙夾，於是他又打開它，看看剛才他在攝影棚內替小邵畫的那幅畫。

「你是不應該進入電影圈的，」他對自己說：「你幾乎已經將美術放棄了！電影有甚麼力量在吸引你呢？你對它入迷，留戀，只是為了捨不得那一千多塊錢薪水而已！」

最後的那句話刺痛了他。他驟然體味到那一千多塊錢薪水所換取的屈辱；以及輕視和奚落。

他從痛苦的自疚中重新振作起來，他覺得他應該馬上放棄這個出賣自己的尊嚴和理想的職業。為了堅定自己的信心，他隨即到中華路以前他曾經工作過一個時期的廣告社去。

那個並不認識他的年輕設計師告訴他，經理到一個甚麼機關開標去了，也許要很遲才回來。他在那兒待了一會兒，發覺廣告社的店面已經擴充大了，門面也裝修過，看樣子業務頗有起色。於是他留下一張名片，說是改日再來拜候。然後再步行到麥高的住所去。

現在，已經是九點半鐘了。他走進那棟日式樓房，經過黑暗的樓梯，站在右角的一扇門前。猶豫了一陣，他輕輕的用手指敲了兩下。

「請進來！」他聽出是麥高那帶點沙澀的聲音。

他拉開門，看見這位落泊文人擁被靠坐在床上，腿上墊著一塊硬紙板，正在那兒寫稿。

「嗨，老黎，我還當是誰呢——來，進來進來！」說著，麥高將腿上的東西移開，端坐起來。

黎牧彎下腰，順手撥開橫七豎八地掛在繩子上的內衣褲，到床前面的那把椅子上坐下來。

「在趕稿子嗎？」他關切地問。

麥高指指桌上兩隻像香腸一樣飽滿的牛皮紙信封，苦澀地笑笑，帶有點自嘲的意味。

「昨天連著退回來兩篇稿子，」他說：「我可慌起來了！我還指望這兩筆稿費派用場呢！所以昨晚馬上趕寫兩篇，狗屁得很，不過我敢打賭它們絕對不會被編輯退回來！」

黎牧笑笑，並不表示意見，因為他知道麥高說的是實話。

「寫的是甚麼題材？」他隨口問。

「最普通的愛情故事，」坐在床上的人回答。他拿起那疊被塗改得亂七八糟的稿紙，鄙夷地翻動了一下，「寫這些東西用不著費腦筋，東拉一點，西套一點，反正都是大同小異的。」

「不用真名發表吧？」

「那還用說，」麥高笑了，因為在黎牧面前，他沒有秘密，「我現在賣這一類的東西，統統用一個筆名：魏勒潛。就是「為了錢」，我發現有些編輯喜歡筆名古怪的，好像只有這樣才顯得有學問。」

「你少糟塌人了——你的那個長篇寫得怎麼樣了？」

「還不到一半，可是已經超過五十萬字了。現在我真有點擔心，完成了甚麼地方肯發表？」

「寫出來再說吧，」黎牧感慨地嘆了口氣，說：「好的，有內容夠水準的，不見得就是受歡迎的，現在的電影就是最好的例子！」他拿起桌上那兩份退回來的稿子，又放下來，回頭望著床上的麥高。「不管怎麼樣，你總算比我好，還能夠，而且還有自由寫自己所喜歡的東西。我在電影圈裏鬼混，越來越灰心，再混下來，總有一天連甚麼是好甚麼是壞都分不出來了！」

「沒那麼嚴重吧？」麥高驚異地說：「大家都在羨慕你呢！」

「當然啦！連我自己都在羨慕呢！」黎牧大聲嚷起來：「薪水又高，工作又有趣，走在一起的不是大老闆大製片，就是大明星……。」

麥高用一個手勢打斷了他的話，認真地說：「真的，老黎，我正想請你替我找個出路！」

「你也想演戲？」

「誰想這個！」麥高解釋道：「我是說劇本。聽說兩三萬字的一個劇本，要賣好幾千塊錢呢，是算？」

黎牧點點頭，等對方繼續說下去。

「吧起來，可比寫小說划算得多了？」麥高接著說：「你看我寫臺語片劇本的資格總有吧？」

黎牧不願意掃他的興，而且只要會寫字，就夠資格寫臺語片劇本的；他認識一位臺語編導，他甚至連劇本都沒有，想到那裏便拍到那裏，但他的片子卻相當賣錢。現在，他望著床上這位因長久的睡眠不足，而顯得臉色有點蒼白（他的皮膚本來就很白皙）的老同學，心中有憐惜之感。

「你先寫個故事吧，」他說：「有機會我便替你介紹。」

「我已經寫了好幾個——你先聽我說，題材是後母虐待前妻子，養女被賣入酒家，丈夫忘恩負義娶小老婆道一類的，情節方面……」

「——越俗越好！」

「那你放心，」麥高帶點感傷地說：「我現在的思想已經俗得幾乎想去鑲一排金牙了——只要有錢！」

黎牧心中感到一陣刺痛，他驟然發覺生活已經把他這位朋友改變得使他陌生起來了。

「好吧。」他淡淡地說，然後站起來。

這個時候，麥高才發覺黎牧有點心神不寧，於是試探地問道：

「我看你的氣色有點不對呀？」

「一天一夜沒閉過眼，當然不對！」

「哦，你也在幹通宵？」

「才從廠裏出來——快起來吧。」

「幹甚麼？」麥高詫異地說：「我正想好好的睡一覺呢！」

「要睡，到我家裏再睡，我陪你！」黎牧接著說：「我的太座有請，她打電話給我，要我無論如何把你拖去！」

「拖我去幹甚麼，請吃飯也用不著那麼早的。」

「誰曉得她發甚麼神經！」黎牧無可奈何地撇撇嘴。但隨即又回過身來，定定的望著麥高。

「呃，老麥，」他說：「你替我想想看，今天可能是甚麼日子？聽小乖乖的口氣，好像有甚麼大事情似的！」

麥高認真地摸摸下巴，忽然若有所得地抬起頭問：

「現在是幾月？」

「你真是把日子過昏了，」黎牧喊道：「元宵才過，你說現在是幾月？」

床上的人詭秘地笑起來了。

「哦，我真的把日子過昏了！」他做作地摸著額頭，然後用一種調侃的聲調問：「那麼，你還記得，去年今天我們在幹甚麼呢？」

黎牧只是思索了一下，驟然緊張起來。

「完了！完了！」他絕望地倒在椅子上，「怪不得我的眼睛跳了好幾天，我怎麼會把這個日子忘了呢？」

麥高吃驚地望著這位朋友，他奇怪結婚週年紀念日有甚麼可怕的。現在，頹坐在椅子上的人又像一條彈簧似的跳起來。他用手蒙著微仰的臉，繞著房間轉。

「完了完了！這下子真的完了！」

現在，麥高不得不下床了。他關切地問道：

「究竟甚麼事情那麼嚴重呀？」

「唉，怎麼重？」黎牧放下手，吁了一口氣。為難地解釋道：「結婚的時候，我答應過小乖乖的，我說週年紀念我們要好好的慶祝一番，同時還答應給她一個新手錶——她手上那隻游泳錶帶了五六年了，老是走不準。」

「那麼你買給她不就完了嗎，我還當是甚麼！」

「可是我忘了呀！」黎牧苦著臉回答：「要是早兩天我記起來，還可以動別的腦筋去借點錢，現在我身上……喏，三十，才三十二塊錢！連買隻蛋糕都不夠！」

麥高無話可說了。因為黎牧追求小乖乖的時候，他是和黎牧同住在一起的，他還是他的追求委員會的戰略顧問之一；而他們婚後他又是他們家的常客，有些話，那位娃娃新娘是寧可告訴他而不願意讓黎牧知道的，因此他了解她的個性和脾氣。現在這種情勢，難怪黎牧感到大難臨頭了。

猶豫了半晌，麥高終於說：

「那麼我們得馬上想個甚麼辦法！」

他們互相望了一眼，黎牧含糊地回答：

「我想不出甚麼辦法了！」

麥高頓了頓，便悶聲不響地拿起臉盆出去洗臉，留下一籌莫展的黎牧在房間裏。下了樓，他一邊刷牙，一邊望著鏡子裏的自己想心事，如何為黎牧解決這個必須解決的困難。

從考進大學開始，他們便是最知己的朋友，而且同住在一間寢室。黎牧後來轉了系，麥高卻仍然讀他的中國文學，因為他夢想著要成為一個偉大的作家。黎牧成天搞劇社，排話劇，他則以詩人自居，頗有點小名氣。畢業之後，黎牧和他雖然為著自己的理想，各奔前程，但仍然生活在一起。最初，他寫些詩和散文，但不久便嘗試著寫些短篇小說，因為小說比詩賣得出價錢，不過，退回來的和寄出去的一樣多，也就是說，他相當窮困；直至黎牧混進一家電影公司，他的生活才算是勉強安定下來。然而這種安定反而使他感到痛苦，因為在那幾年間，黎牧始終在維持著兩個人的生活。後來黎牧結婚了，他失去了依靠，但生活是最現實的，他漸漸從飢餓和窮困中學會了許多東西：為了錢，他開始改變寫作的路線，他投合一些報刊的趣味和需要，寫些毫無內容的傳奇作品，遊戲文章——他用「魏勒潛」這個筆名發表。至於麥高這個名字，他卻極其愛惜，麥高是他的生命的另一面，是嚴肅而有抱負的；從四年前開始，他便時續時輟地著手寫一部一百萬字的長篇小說——那就是他的夢，這部巨著以北伐而至戡亂這數十年間作為時代背景，描寫某一個大家族的悲歡盛衰。本來，他預定在三十五歲以後才動筆的，他認為那才是最適宜於寫小說的年齡，可是由於故事在腦子裏醞釀太久，他承受不了這種沉重的擔負，於是在過二十五歲生日的晚上，他便開始寫起來了。現在，已經完成五十多萬字了；按照目前的進度，至少還要四年才能完成。他打算在完成之後再從頭整理一遍，然後再設法將它發表或者出版。他望望鏡子，發覺自己正在打這部未完成的小說的主意。

「那怎麼成！」他制止自己：「還是想別的辦法吧！」

為了害怕變卦，他連忙胡亂地抹了一把臉，便返身回到樓上去。當他穿衣服的時候，黎牧背著他說：

「我看唯一的辦法，只有去找舅舅了！」

找舅舅是他們去進當鋪的暗語。麥高望望四周，他一時想不出自己還有甚麼值得一當的東西。

「你可以當些甚麼？」他說：「我只有一副太陽眼鏡和這隻破錶，還有這支派克筆！」

「我不想當你的東西！」黎牧連忙表示。

「還分甚麼你的我的，以後有錢不是一樣贖回來！」

話雖然這樣說，但麥高知道還是不夠的，因為要買一隻普通的女用手錶，最少也得四五百塊錢。忽然，他又想起抽屜裏的那部未完成的小說。想了想，他把心一橫，便過去拉開寫字桌最下層的抽屜，將厚厚的一疊稿紙拿出來。

「你要幹甚麼？」看見他忙亂地用一張牛皮稿紙將他那疊稿紙包起來，黎牧不解地問。

「沒甚麼，」麥高回答：「有家雜誌想看看，我帶去碰碰運氣——咱們走吧！」

「這是不是那個長篇？」

「走吧！」

到了街上，他們默默的走著。黎牧幾次想阻止麥高這樣做，但他始終說不出口。他知道這位朋友只要下了決心，是絕對不會改變的。

麥高論年紀要比黎牧小三個月，他們都是二十九歲；但論身材麥高卻比黎牧高大半個頭。也許是由於長期的從事夜間寫作，所以他的身體較為瘦弱；他的相貌屬於荏弱而文質彬彬的那種典型，鼻樑挺直，目光憂鬱，即使是笑，也帶有點羞澀意味的；有些女人喜歡他的沉默，但有些女人卻嫌他不夠熱情。他也戀愛過，可是都失敗了，因為他過分專注於寫作，而忽略了別人。除了寫作的時間，他是寂寞的，但他卻懂得如何在寂寞中找尋心靈上的慰藉。

現在，他的步子愈走愈快，黎牧幾乎有點跟不上他了。到了西門町，麥高引領著他的朋友走進峨嵋街的一條小巷子裏，直到他停下腳步，黎牧後知道他所指的那家雜誌並不是一份怎麼正統的刊物；所謂綜合性就是可以隨意加些性學、婦女問題之類的黃色稿件進去。

「你在這兒等我一下，」麥高發覺黎牧在望門邊的那塊招牌，於是他有點靦腆地說：「我馬上就出來！」

黎牧不置可否地擺擺手，表示自己並不介意。但他發覺嘴上的笑生硬得使他頰上的肌肉發生微微的痙攣。為了排遣這一段時間，他在巷子裏來回地走著。

在雜誌社那間像低級的茶室一樣充滿怪味的房間裏，麥高用最簡截的語句說明來意，然後打開那包稿紙，用一種期待的目光注視著坐在靠牆的一把皮椅上的社長。

這位容貌長得像個江湖郎中的社長隨手翻了兩頁，並不是看，而是在研究這一堆稿紙的字數。

「有三十萬字吧？」他冷漠地問。

「五十萬字。」麥高低聲回答。

社長用手扶扶眼睛笑了。

「嘿！我們每期登一萬字也要登兩年多呀！」

「要登五年，這兒才是一半！」

「……」社長瞪了他一陣，證實他並不是在開玩笑，才說：「老弟，你明明知道我們不能登這部東西的！」

「我知道，」麥高平靜地回答：「但是我現在需要錢，馬上就要！」

「你以為我在開當鋪嗎？」他不以為然地嚷起來。

「可是我的利錢出得比付當鋪的還要高呀！」

社長被這句話打動了，他又翻了翻那堆稿紙。

「你要多少？」他終於問道。

「五百塊。」

「喏，拿去吧！」社長猶豫片刻，然後打開抽屜，將五百塊錢丟到麥高的面前，命令道：「連這堆東西一起拿走！記著二十號以前給我兩萬字——越黃越好！」

麥高連謝都沒有謝一聲，拿了錢，包起那疊稿紙便向外跑。黎牧正好從巷口走回來，看見他手上仍然抱著紙包，於是問：

「怎麼，不成？」

他得意地笑了，將口袋裏的五百塊錢遞給黎牧，他說：

「對付這些渾蛋，我從來沒有失敗過——你拿去！」

黎牧愣了一下，才把錢接過來。麥高窺透了他的心意，便一邊走，一邊解釋道：

「我知道他不會要這部稿子的，即使他真的要我也不會給他！我帶著它，只是讓他在心理上覺得我並不是一個一無所有的人——比方說，假使你的口袋裏有五十塊錢，那麼你向別人借一兩百，都不會有甚麼困難：但是如果你讓對方知道你身無分文的話，那麼你想借五塊錢都是一件不可能的事。這就是我的戰略！」

「但是他們怎麼肯借給你呢？」

「他們要我寫一篇稿子，這五百塊錢算是預付的。寫的是甚麼稿子，你就不用問了，反正是「魏勒潛」替我背了罪名。在他們那份雜誌上，這個筆名還是一個相當叫座的名作家呢！」

說著，麥高發出一陣乾笑，使黎牧聽了心裏有點不舒服。他插在褲袋裏的右手跟著自然而然的鬆開，彷彿碰到了那五百塊錢都是一種罪惡。出了成都路，他才低聲問：

「你時常跟他們打交道嗎？」

麥高厭惡地搖搖頭。

「我只是在不得已時才寫這些東西，」他真切地說：「每一次從他們那兒走出來，我都會感到羞恥和後悔。」

「現在呢？」

「當然也會，不過這次我是後悔借得太少，不然我也可以給你們送份賀禮！」

「別送了，不然應該覺得羞恥和後悔的倒是我了！」

「買個小蛋糕總可以吧！」

因為已經快到十點半鐘了，為了節省時間，他們就在成都路一家鐘錶店裏選了一隻女式手錶，是鍍金的，連錶帶和一隻精緻的塑膠錶盒，才花了四百五十元，因此當麥高到對面一家點心店去買蛋糕時，黎牧堅持要自己付錢。麥高搶他不過，祇好聲明晚上的電影票算他的。

「電影看完，」他繼續說：「咱們再去坐坐咖啡館。」

「坐咖啡館我看還是免了，」黎牧認真地解釋道：「結了婚之後，那些地方都是是非之地，還是不去為妙！你不知道有一次——老麥，你看是誰走過來了？」

麥高跟著他望的那個方向望去，等到他認出向他們迎面走過來的人是誰時，他們激動地大聲叫嚷起來：

「——錢通！」

那位叫做錢通的小胖子突然頓住，隨即急步向他們迎過來。他們用拳頭捶打著對方的胸脯，用熱切的聲調招呼著。

「咱們好多年不見了吧？」黎牧使勁搖著這位老同學的手，開始退後一步上上下下的打量著他。

錢通穿著一套合身而質地相當好的鐵灰色西服，領子狹狹的，時下的新款；白襯衫漿得硬硬的，打著一條橫條領帶，領帶當中還鑲有一粒白珠子。最顯著的，還是手上提著的那隻大公事皮包，內面塞得滿滿的，使人一望而知，他是一個生意人——成功的生意人。

其實，錢通並不願意做一個生意人。從進中學開始，他便希望自己將來能成為一個外交官；他的口才很好，反應快，而且有急智，他認為這些條件是使他成功的要素。考進大學，他選了外交系。但第二年他開始灰心了，因為他的身體突然發胖，半年功夫體重增加了四十公斤，大大的影響了他的儀表。他想：一個「猪肉店老闆」向甚麼國王呈遞國書和出入聯合國，到底是不怎麼合適的——至少他是這樣想。之後，當他對節食減肥感到絕望時，他認為「天意」不可違，於是退而求其次，轉讀外文，希望畢業後設法弄個獎學金，出洋鍍一次金，再回來在個外務機關混個差使。

黎牧和麥高認識他，是在他「胸無大志」之後。他從法學院宿舍搬入校總區，住進他們的宿舍裏。最初，同宿舍的人都有點討厭他，原因有二：一是汗臭，二是睡覺打鼾。但很快的他們便變成最要好的朋友。

雖然他們自譽為「三劍客」，但同學們都叫他們「臭皮匠」，因為他們同是工讀生，隻身在臺，除了同病相憐，三人不得不想出些鬼主意去弄錢，使生活過得較為理想一點。

說起來，他們的大學生活過得很不壞。麥高包辦壁報，揩點油，另外向報刊雜誌投稿；黎牧則搞話劇，辦晚會，到處找津貼；而錢通的「營業」範圍則比他們廣，而且高明：代同學申請美國各大學獎學金是他主要業務之一；他在美國新聞處弄到一本「天書」，有最詳盡的資料，同時收費低廉，所以大家都樂於替他介紹，一時生意鼎盛。其次，他替同學買賣教科書，繪圖儀器，手錶和腳踏車，在學期開始和結束的時候，他的床鋪上下總是堆得滿滿的，像個小雜貨店。

大三的時候，他的生意頭腦已經是全校聞名了。為了推廣業務，他又辦理小額貸款，專門救濟那些為了約會而焦頭爛額的同學。最後，他竟悶聲不響的在學校對門頂下一間小店，開起伙食鋪來了。

從此，他不再是「錢胖」，而是道道地地的「老闆」。也許是吃得好的關係，他愈來愈胖，他也漸漸發覺自己在做生意這方面的確有點天才，更像個生意人了。

當然，他也開始認為這是「天意」。

畢業後，他們各奔前程，黎牧和麥高和他幾乎難得一見，後來以為他一定去了美國。

現在，他們互相再打量了一下，麥高先問：

「老闆！」他仍然叫他的綽號：「你甚麼時候回來的？」

「從哪裏回來？」錢通有點茫然地反問。

「你不是去了美國嗎？」

「哦……」胖子含糊地笑笑，「呃，很……很久了！」

「回來也不來找找我們啊！」黎牧搶著說。

「呃，對不起，對不起，不過我也沒有你們的地址。」

「以後有甚麼計劃？」

「看樣子你在那邊存了幾個錢吧？」麥高接著黎牧的話，半認真半打趣地說：「有甚麼好路道，可別把老朋友給忘囉？」

錢通笑得更可愛了。

「那還用說！你們現在……」

「我們是乏善足陳，」麥高打斷他的話：「我們先聽你的！你在做甚麼買賣？」

「沒，沒甚麼，混混罷了。」

黎牧不滿意錢通這種含糊的回答，他嚷道：

「你怕甚麼呀！我們不會向你借的。」

「甚麼話，甚麼話！」胖子有點著急了，他掏出一塊手帕來揩著額上的汗，分辯道：「我……我在搞工業原料，小，小公司，沒甚麼大出息——」這時，他像是才注意到黎牧手上的蛋糕紙盒，於是把話岔開。

「今天是甚麼事？還買了蛋糕！」

黎牧阻止麥高說話。

「沒甚麼，」他說：「走，到我家去，咱們再好好的聊聊——你現在有空吧？」

「有！有！我總是有空的，」胖子固執地說：「一定有甚麼事？」

麥高忍不住了，他拍拍黎牧的肩膀。

「告訴你吧，今天是老黎結婚一週年，咱們去他家熱鬧一下！」

「哦！」錢通認真地說：「那我一定要去，不過，我得送一份禮！」

黎牧連忙制止，但胖子非要送不可，不然寧可不去。最後，還是麥高來調解，要他不要破費，只要意思到了就行了。

「我甚麼都沒有送，」他解釋道：「你這樣反而害我也非送不可了。」

「我跟你不同，」錢通說：「嫂夫人我還沒有見過面呢——你們在這見等我一下。」

說著，他走進附近一家洋貨店。黎牧他們不好意思跟進去，就站在原來的地方。十分鐘後，他笑著向他們走過來了。

「你買了甚麼？」麥高問。

「天機不可預洩！」錢通神秘地回答：「反正女人用的東西，我只送給嫂夫人！」

為了便於談話，他們索性走路回家。黎牧和麥高很想知道錢通在美國的情形，但他像是不願多說。

「還不是那麼一回事，到處都一樣，還是自己家裏好！」他說：「呃，大作家，你呢？」

「我甚麼？」

「太太呀！」

「哦，我在等小乖乖替我介紹呢！」

「小乖乖是誰？」錢通問。

「老黎的太太，」麥高回答：「見面你就知道了！」

三

小乖乖實際上已經滿二十歲了，但由於長得嬌小，看起來只像個初中剛畢業的小女孩。她的臉微圓，梳著馬尾裝，笑起來的時候，顴上顯出兩隻小酒渦，使她的整個容貌含有一種愉快而有趣的意味。

她本來獨自在厨房裏生悶氣的，因為已經將近中午了，黎牧還沒有回來。她一邊在準備著午飯，一邊在喃喃地詛咒著；她發誓不去理會他。她生氣的原因，是因為她偷偷的買了一件小禮物，準備在今天送給他的。但昨夜他沒回來，她準備讓他驚奇一下的那種激動已經漸漸的消失了。她感到有點悲哀。

因此，當他們三個臭皮匠走進屋子，黎牧大聲喊著她的名字時，她故意不去回答。接著，黎牧走進厨房了，他並沒有注意到她的反應，連拉帶拖的將她拖出那間只有四蓆大小的客廳。

「老錢，這就是我的太太，」他扶著她的肩，興奮地說：「他就是錢通，我以前跟妳提起過的三劍客之一，錢胖。不過那個時候我們都叫他老闆！」

「現在可要叫經理了！」麥高接住他的話，順手拍了拍錢通那挺著的大肚子，「妳看，裏面的脂肪不少吧！」

小乖乖和錢通互相點了點頭。

「今天真是太巧了，離開學校我們就沒有見過面。」黎牧這時才想起手上的東西，於是連忙遞給太太：「啊——喏，這是我的，這是老錢的，拆開呀！」

小乖乖躊躇了一下，才拆開那隻黎牧特意叫店員用紅緞帶包紮著的小紙包，當她打開那隻長方形的塑膠盒子，發現裏面是一隻女用手錶時，她幾乎要叫喊起來。

「是給我的嗎？」她用一種不敢相信的口氣問。

「妳忘啦？我答應過要在今天送給妳的！」他回答。

「啊，我忘了！」她真的忘了。她有點慌亂地將手錶拿出來，擱在腕上，又拿下來。「要很多錢吧？」

黎牧笑笑，同時提醒她：

「妳拆開那一包呀，妳看看老錢送了甚麼東西給妳？」

她手忙腳亂地打開另一隻紙包，原來錢通所送的是一隻精緻的粉盒。

「不成敬意，」錢通笑著說：「我不曉得應該買甚麼才好。」

「你太客氣了，」小乖乖對著粉盒裏的小鏡子看看，感激地說：「我正想有一隻粉盒呢，謝謝你——請隨便坐呀！糯米糕，你替我招呼一下。」

說著，小乖乖拖著黎牧走進厨房去。

錢通望著他們，然後感慨地嘆了口氣。

「老黎真有福氣！」他羨慕地說。

「嗯，有福氣，」麥高接住他的話：「不過有時也可憐！」

「可憐？」胖子困惑地回頭望著這位老同學，「他們的感情不好嗎？」

「就是因為好得太過分了！」

「我不懂你說的話。」錢通說。

「——你還沒結婚吧？」麥高正色地問。

胖子搖搖頭，不解地湊近他。

「甚麼意思？」

「聽你的口氣就知道你沒結婚，太天真了！」麥高索性站起來，但錢通卻伸手攔著他。

「聽你的口氣，你是曾經結過婚了？」胖子以揶揄的口吻說。

「沒有呀！」麥高認真地聲明：「就是因為看見他們這種樣子，我才對結婚失掉興趣的！」

「究竟甚麼事嘛？」

麥高故作神秘地向裏面望望，然後壓低聲調，說：「小乖乖是瓶鎮江醋，而且成天疑神疑鬼！」

胖子忍不住大聲笑起來。

「你真是太外行了，」他批評道：「那個女人不是這樣！這就證明她愛他呀！」

「哦，這算是愛？老黎慘的時候你還沒親眼見過呢！有些時候呀，連我都受不了！」

「大概老黎信用不大好吧？」

「沒這回事，我最了解他。當然，他這種職業，你叫他不接觸女人總是不可能的！」

錢通不響，思索了一下，正想說甚麼，黎牧小兩口手挽手的走出來了。

「呃，你們看看太太送我的禮物，」他指指架在鼻樑上的黑邊眼鏡，說：「像個有學問的人吧？」

「戴起來他顯得比較老成一點，」小婦人解釋道：「而且可以擋風沙。」

麥高和錢通的目光接觸了一下，前者嚷起來：

「小乖乖，要是我，我一定要留山羊鬍。」

「為甚麼？」

「哪個女孩子會喜歡一個留山羊鬍的男人嘛！」

「要死了，糯米糕，我才沒有這個意思呢！女孩子喜不喜歡他是他的事，我才懶得管呢！」

明白了麥高的話在諷刺自己，小乖乖急急地分辯：

她這一聲明，麥高卻笑起來了。小乖乖表示生氣，扭身衝進厨房去。

「這是你惹的事，你去解決。」黎牧向麥高撇撇嘴。

「放心，這筆賬算不到你的頭上。」麥高若無其事地說：「你怕她，我可不怕她！你不相信，我要她五分鐘之內便笑著出來。」

麥高進去之後，錢通顯然對這件事發生了興趣，他轉過身來，向黎牧問：

「你真的那麼怕她呀？」

黎牧無可奈何地聳聳肩膀，苦笑著說：

「以前我還以為自己不怕她，可是現在不同了，女人呀，總是常常有本事使你毫無辦法，哭笑不得……」

「我發覺你犯了一個大錯誤！」胖子說。

他那一本正經的樣子嚇了黎牧一跳。

「犯了甚麼大錯誤？」黎牧頓了頓，才問。

胖子湊近他，低聲問道：

「她的肚子裏有了沒有？」

「……」做丈夫的羞澀地搖搖頭。

「你們避孕？」

「沒有辦法，我們想等到環境比較……」

「大錯特錯！毛病就出在這個地方！」

「為什麼？」

錢通注視著有點茫然的黎牧，嚴重的說：

「你應該讓她馬上養個孩子！女人對丈夫最不放心，最提心吊膽的就是這個時期；等到有了孩子，你要她管，她都懶得管了！」

黎牧摸著下巴，微微的點點頭。他由衷的覺得錢通這幾句話頗有道理，因此當小乖乖和麥高把飯開好，他仍在思索著這個問題。

但小乖乖卻沒有注意到這些，她整個心靈沉浸在一種溫暖的幸福的酩酊中，她有點忙亂地招呼著客人，勸他們多喝兩杯酒。

麥高和黎牧的睡意消失了，反而更加興奮，他們和錢通一邊喝酒，一邊談論著以前的事。當然，話題仍然以胖子為主，因為他們還是老樣，沒有甚麼值得說的。

「你們還記得我的那家小飯館嗎？」錢通問。

「怎麼會不記得——對了，現在怎麼了？」

「現在？現在變成大馬路啦！」

「哦，我忘了那是違章建築。」麥高說。

錢通小心地替自己斟了酒，繼續說：

「後來因為要加寬羅斯福路，市政府要拆掉那一排木房子，每家補貼一點錢。就這樣，飯館便算是結束了！」

「後來你就去美國？」

錢通並沒有回答男主人的話，他瞟了女主人一眼，發覺她正在入神的望著自己。他想了想，苦澀地笑起來。

「要是那個時候我走掉就好了，」他變得興奮起來，「你們知道的，那個時候我已經請到四年的獎學金，伊利諾州一家教會大學的。」

「結果你沒去？」

「……」他沉痛地搖搖頭，嘆息地說：「我那個時候太得意了，自以為對商業有天才，自以為自己的頭腦好，那天到美國大使館去簽證，他們的問話使我冒了火！走出來我就向自己發誓：我絕對不要去洗盤子，做Boy!要去，就得像個花得起錢的大爺！」他深深的吁了口氣，聲調隨之低弱下來：「三天之後，我就在中和鄉買了一家小農場，養來亨鷄，那個時候養鷄是熱門，照我當時的預算，一年之後我就要到美國坐凱廸拉克汽車了！」

他們等待他說下去，他又乾了一杯酒。

「結果，上千隻鷄，半個月不到就給我瘟光了——你們不要看我現在西裝筆挺，像個大老闆，你們知道我在幹甚麼？」

黎牧和麥高楞住了，他們注視著這位神情嚴肅的朋友，一時不知回答好還是不回答好。

「請你把我的皮包給我！」錢通向坐在角落上的麥高說。

等到麥高將那隻大皮包遞給他，他神秘地向他們笑笑，然後像是在生誰的氣似的，用力拉開拉鍊，將放在裏面的瓶瓶罐罐拿了出來。

黎牧隨手拿起一隻裏面裝著黃色粉末的小瓶，拼著瓶帖上的英文名字。

「這些都是樣品！」錢通解釋著，然後望著他們，問道：「現在你們明白了吧？」

「我們明白甚麼？」黎牧困惑地說：「隔行如隔山，我們又不是吃這行飯——這是甚麼？」

「我不是問這個，我是問你們曉不曉得我在幹甚麼？」

「你不是說在工業原料買賣嗎？」

「是，工業原料，」胖子緩緩的把聲調低下來：「不過，我並不是甚麼經理，剛才我不想讓你們替我難過，其實，我只是在一家工業原料行裏做跑街！」

「跑街？」

「那就是憑著兩條腿，一張嘴，到處去兜生意找飯吃的那種腳色！偉大吧？」沉默了一陣，小乖乖怯怯地瞟了自己的丈夫一眼，黎牧強笑著嚷起來：

「這算得了甚麼，」他故意說：「你還沒有看見我在西門町漆廣告的時候吧？」麥高本來想接住黎牧的話，安慰錢通兩句，但對方已經把話接下去了。

「可是現在你已經是個大導演啦！」胖子虔誠地說。

「大導演，別糟塌人了！」黎牧聳聳肩膀，「有機會我帶你去看看我的工作。輪到我導演片子呀，至少還要等八年！」

「我都不怨，你們還怨甚麼呢！」麥高終於說話了，語氣間挾著一種自我解嘲的意味。他們同時回頭來望他，黎牧沒有放過這個機會，他接著說：

「對了，麥高現在連黃色小說都寫了，當票多到可以出單行本，也夠偉大吧！」

錢通眨眨他那雙小眼睛，覺得有點難為情起來。黎牧發覺麥高微笑著望著自己，於是他將身體湊近胖子。

「再說，做生意買賣就等於打仗，一半要靠運氣，」他說：「而且勝敗是兵家常事，今天垮了，明天說不準機會又來了，我們窮兄弟將來還要指望你拉一把呢！」

現在，錢通幾乎有點相信黎牧的話了。他想：如果他們說的是實話（他知道他們並沒有騙他），那麼當跑街還算是最有希望的了！而且，只要碰上一筆大生意，那麼發點小財也並不是不可能的事。不過，他仍然吁了口氣。

「話是不錯，」他淡淡地說：「但是坐在那兒等機會要等到那一輩子啊！」

「為甚麼等，機會要找呀！」黎牧喊道。他真的有點激動了，因為要放棄電影工作這個思想在心中忽然變得更加堅決起來了。

「就憑我們這三個臭皮匠，」他充滿自信地說：「就真的想不出甚麼掙錢的辦法來啦？」

黎牧這句話使這頓午餐的整個氣氛驟然變得活潑起來了。他們想起了以前的那一段幸福而充滿了希望的生活。

「對了，咱們可以動點甚麼腦筋。」麥高低聲附和地說，似乎帶有點羞怯，因為對於掙錢的方法，除了寫稿之外，他始終感到羞怯的。

但黎牧並不這樣想，他說設法掙錢並不是忘了理想，只是將理想暫時放到一邊，讓掙到了足夠的金錢再去完成它。

「沒有錢，甚麼都是假的，一切都是空談！」他舉著例：「比方，錢胖沒有錢便出不了國，麥高沒有錢便出版不了他的百萬字的巨著；我呢，除了自費，休想別人請我去導演片子！」

他們不得不同意他的說法。但是錢怎麼掙法呢？他們便一邊喝著酒，一邊繼續熱烈地討論。

小乖乖坐在旁邊，本來已經覺得無聊，現在兩點鐘那場電影的時間已經過了，她索性將冷掉的菜拿到廚房裏去重新熱一熱，等到她離了座，黎牧才壓低嗓門，把心中的秘密告訴錢通和麥高。

「這件事我暫時還不想讓小乖乖知道。」他說：「我已經決心離開公司了——不是現在決定，今天早上我已經去過我以前幹的那家廣告社。」

於是，他開始解釋開廣告社的好處，營業的對象和方法。最後他舉一家發了財的廣告公司為例。

「我可以說是看著他們起來的，」他說：「幹這一行，只要有頭腦！現在那一樣不靠廣告？只要吹得讓人家心動，連狗屎也有人買，十個顧客就有九個是那樣盲目的！」

可是，另外兩位「股東」顯然對黎牧的提案並不感到興趣，因為他們有自己的計劃。為了不傷黎牧的心，錢通慢條斯理地說：

「廣告社我們可以考慮考慮，不過，開辦起來也並不是那麼簡單的，既然現在甚麼都要靠噱頭，我們至少要有間像個樣兒的門面，至於其他的東西，那就更不用提了！」他眨眨眼，頓了頓，等到黎牧沒有甚麼需要解釋時，他接著說下去：「我的看法，是搞個家庭工業社。第一、用不著門面，第二、不要請工人，本錢輕，利錢重，而且銷路大——你們聽說過發明按扣的那個故事沒有？這就等於開飯館一樣！最賺錢的，不是大酒樓，而是中華路那些小吃店！」

麥高皺著眉頭，因為他經常在外面那些小吃店包飯，已經倒足了胃口；他發覺黎牧也現出一副冷淡的樣子。

「現在的女人們大都閒得無聊，」胖子喋喋地繼續說：「都喜歡吃點話梅牛肉乾這一類的東西解悶，如果你們不信，可以進電影院去聽聽嗑瓜子的聲音。我覺得，假如我們搞一家家庭工業社，專門想些名堂來賺女人的錢……」

「女人的錢就那麼好賺啦？」剛端著菜出來的小乖乖不以為然地叫起來：「你來賺賺我的看看！」

「大嫂，像妳這樣精明的人到底是少呀！」錢通阿諛地笑道：「別的女人呀，錢算得了甚麼，反正是男人辛苦賺來的。」

「你少挖苦我們女人！」小乖乖瞟了自己的丈夫一眼，像是有點委屈地說：「你問問黎牧看，我甚麼時候吃過零嘴？」

錢通知道自己的話已經引起了她的誤會，於是連忙加以解釋，同時將他認識的一個湖南人來舉例：因為那個人以前的環境很壞，後來賣辣椒蘿蔔發了財。

「一年不到，居然在東門町開起土產店來了！」他用一種莊重的語氣結束他的話。

但，黎牧和麥高只淡淡地點了點頭，並不表示意見。

「你們不贊成？」他有點驚異地問。

「原則上，我們同意，」現在輪到麥高發言了。由於一夜未睡，而且多喝了兩杯酒，他的臉色有點發青。他慢吞吞地說：「不過，技術上似乎還需要斟酌……」

「少來外交辭令！」胖子紅著臉打斷了他的話：「這還有甚麼原則上技術上的！說幹，就幹！」

「話是不錯，」麥高伸手阻止對方說下去，然後清了清喉嚨，開始發表自己的意見。

所謂三句不離本行，他提議辦一個刊物。最好是綜合性的旬刊，內容不妨遷就讀者一點，每期有篇把黃色偵探小說，香艷刺激，在美國畫報上剪兩張裸體照片套進去算是插圖；另外，以甚麼小姐甚麼夫人的名字闢一欄婦女講座，性知識之類的東西，刊些由自己胡縐的「投書」，然後加油加醋地解答一番。

「這一類雜誌呀，現在最賣錢！」他大聲說。當他正要舉例的時候，小乖乖卻叫起來了。因為菜又冷了。同時，她不願意再錯過下一場電影的時間。她說即使真的要做甚麼生意買賣，也並不是三言兩語可以決定的，應胲從長計議，反正以後還可以繼續討論的。這三位臭皮匠也認為理由充分，而且他們互相已經發覺大家的想法太不一致，有點各行其道，因此也落得暫時作個結束，以後再作道理。

吃完了飯，小乖乖讓他們去收拾飯桌，自己則躲進房裏去更衣化粧，準備趕四點鐘這一場電影。在厨房裏，錢通一邊熱心地將吃剩的菜盤放進碗櫥，一邊向正在洗碗的黎牧發問：

「你們本來打算看那一張片子？」

「那還用問嗎？」黎牧沒神沒氣地回答：「跟太太去看，當然是國產片啦——她是個林黛、鍾情迷，強迫我去看了不說，回來還不許我批評！」

「這就是討老婆的好處。」麥高幸災樂禍地說。

「你怨甚麼，」錢通問：「你搞電影，難道你連國語片都不看呀？」

「那又有甚麼希奇，」黎牧正色地回答：「我們那位馬導演呀，非但不看中國片，連外國片都不看呀——他說只有這樣才能保留住自己的風格，不受別人的影響！」

「有道理！有道理！」錢通似真似假地點著頭，「有機會，我一定看看他導的片子！他叫馬甚麼？」

「你真的連他導的片子都沒看過呀，難怪臺灣拍的國產片沒前途了！」

錢通舉手發誓，聲明自己的確沒有看過臺灣拍攝的國產片子。

「香港片子，我一年也難得看一兩部的，」他說：「都是朋友拉著，情面難卻，而且呀，我看電影還有一個最要不得的毛病。」

「是不是喜歡說話？」黎牧問。

「不是，」他搖搖頭，「喜歡買臥鋪票。」

「買甚麼臥鋪票？」

「睡覺呀！」

他們大聲笑起來。

「等一下我也只好買臥鋪票了，」麥高向錢通說：「我和老黎昨晚一夜沒睡。」

「我可沒有這份福氣，」黎牧嘆了口氣，解釋道：「小乖乖還生怕我看不懂，喜歡一邊看一邊向我講解劇情呢！」

四

黃昏的時候，他們夾雜在如潮的觀眾之間，推推擁擁的走出新世界戲院的邊門。麥高和錢通睡了一覺，精神顯得異常飽滿；相形之下，黎牧愈加顯得可憐了。當小乖乖說起女主角的演技，或者戲中的某一段情節時，他便機械地點著頭。

「嗯，不錯，相當不錯。」他喃喃地說。

當然是不錯啦！他心裏想：他們用雙倍的價錢才從那個神氣活現的黄牛那兒買到四張票，是樓上邊廂前面的，看起銀幕上的人又瘦又長；不知這是前面還是後面一個觀眾脫了鞋子在抓香港腳，瓜子殼隨著吐沫在腦後亂飛。至於那部片子，是得過幾項甚麼獎的，女主角才死了爹媽便唱了起來；男主角一身肥肉，為了要想唱得更有感情一點，老是像抽筋似的在發抖；幾百年前的宮殿上有尼龍織物，牆壁一眼便看出是用紙糊的。但是，它賣錢，一連滿了十天；報紙上一致捧場，佳評潮湧，有幾位批評家居然認為它可以比美甚麼片，編劇如何「嚴謹」，導演如何「頗見功力」；女主角呢，是「創造了劇中人，也創造了她自己」；整個來說，這部片子是前所未有的偉構，替國產影片豎下甚麼光榮的里程碑等等，不一而足。反正中國文字的好處就是一兩個字便能包括全部意義，所以兩百個字不到的影評已經把這部片子讚揚得不能再加一個標點了。

走到對面的圓場，黎牧再回頭看看擁塞在戲院門前排除買票的觀眾，心中說不出是悲哀還是痛恨。

他忽然覺得走在身邊的小乖乖俗不可耐，他後悔自己在婚前為甚麼沒有注意到這一點。

「臺灣甚麼時候才拍得出這樣的片子！」小乖乖說話了，「你看人家……。」

黎牧極力抑制著自己，假裝沒聽見她的話。

而錢通卻突然緊緊張張地叫起來。

「呃，老黎，我有主意了！」

「甚麼主意？」黎牧和麥高同時問。

「你們看！」錢通向前面指示著。

他們順著他所指示的方向望過去，發現一幅巨大的裸體女人廣告掛在新生大樓的轉角處，從二樓豎到屋頂，至少有二丈高。

「那是電影廣告，」黎牧說：「已經掛了個把月了，有甚麼奇怪的！」

「我當然知道那是電影廣告，」錢通矜持地笑著解釋：「而且我還看過這部電影——你們看過了沒有？」

「太擠了，我買不起黃牛票。」麥高誠實地回答。

「我是奉太座之命，這一類電影一律不許看！」黎牧望望小乖乖。但他想起錢通剛才說是已經有了主意，他不明白和這部片子有甚麼關係，於是接著問道：「你剛才說的主意是甚麼？」

錢通有所顧忌地頓了頓，小乖乖卻先作表示了。

「這樣吧，」她明事達理地說：「你們難得碰面，而且還要談甚麼計劃，你們就乾脆找個甚麼地方坐下來談談好了！」

「那麼妳呢？」

「我回家去替你們準備晚飯。」

「妳真的放心呀？」錢通望望黎牧，又望望這位小婦人。

為了表示自己的大度，小乖乖連忙聲明她從未對黎牧不放心過。

「電影圈這樣亂七八糟，」她說：「真要出事兒，我就是每天跟在他屁股後面也沒用！所以我放心得很——你們去吧！」

她隨即向對面路角的三輪車班頭走過去，黎牧誠惶誠恐地跟著替她講價錢，同時保證馬上就會回來的。

「過去吧，」小乖乖坐在三輪車上，微嗔地向丈夫擺著手，「不要讓錢先生以為我成天看著你——三輪車，走！」

「小乖乖，妳沒生氣吧？」

「沒——有，我的老爺，」她真的有點生氣了，「你越這樣子，人家越以為我真的是那樣了！」

「其實，我……我們可以一起回家談的。」

「你依我這一次好不好——三輪車，走呀！」

車子走了之後，黎牧忽然感得有點不安。他覺得自己不應該冷落了小乖乖，尤其是在今天。但，麥高和錢通向他走過來了。

「甚麼事呀？」胖子問。

「沒……沒什麼，」黎牧含糊地回答：「她，她大概有點不舒服。」

「心裏不舒服？」

「不！是……大概是肚子，時常犯的老毛病。不要緊的。」

錢通半信半疑，麥高向他使了個眼色，然後故作平淡地說：

「我們還是到那兒坐坐吧！現在輪到我請客。」

另外兩個人沒有意見，於是他們到附近一家小咖啡室去。因為那正是夜飯的時間，咖啡室裏客人很少，叫過飲料，麥高打趣地向錢通說：

「你還是快點把你的主意說出來吧！老黎急著要回去陪太太呢！」

黎牧連忙否認，為了向這位多年不見的老同學表明心跡，他舉手發誓，用很多理由引證自己並不是一個「重色輕友」的人。

「我也覺得在家裏商量不大方便，」他說：「有些事情，讓女人參與，反而添麻煩。」

錢通會意地望著麥高笑笑，然後開始說：

「我覺得我們剛才都想錯了！搞甚麼家庭工業社、廣告社、雜誌社——真是太小兒科了，而且，就算賺錢，也沒有甚麼了不起，」他比著手勢，接著說：「我覺得，憑咱們這三塊料，不搞則已，要搞，就要搞得有聲有色，名利雙收。」

他們不響，等他繼續說下去。

「剛才，ＢＢ的那幅大廣告對我的啟示很大，」胖子認真地說：「我認為，我們應該搞電影！」

麥高對錢通的話感到莫測高深，黎牧卻大聲狂笑起來。他的笑聲把那位侍應小姐嚇了一跳，幾乎他捧著的托盤打翻。

「你笑甚麼呀？」錢通困惑地問。

「我怎麼不笑？搞電影？」黎牧仍然按著肚子，最後，他終於止住了，一邊用手帕拭著眼睛，一邊說：「你把搞電影看得太容易了——你不是說，你平常連外國片都很少看的嗎？」

「可是我還識字，我會讀報紙。」

「讀報紙？那更是紙上談兵了。」這位鬱鬱不得志的副導演變換了一種沉肅的語調：「你別看那上面寫得頭頭是道，究竟有幾個人了解今天臺灣的電影是怎麼樣拍出來的？」

錢通有涵養地笑笑。

「我讓你先說，」他平和地說。

他這種和婉的語氣和意態引起了黎牧的不快，這情形就如同有些人當他的面指責臺灣為甚麼出不了好片子一樣。他低下頭，使性地夾了四塊方糖放進自己的那杯咖啡裏。

「我慢慢分析給你聽，」他用小銀匙調著咖啡，解釋道：「在我沒有進入電影公司之前，我也和那些人一樣，時常指責那些電影公司和製片廠為甚麼不多拍幾部片子？拍了，為甚麼不選擇一個好的劇本？不去發現和提拔一些新人？老是那一套，看了讓人膩煩。但是我這幾年混下來，我明白了，我不是向你們說過，我已經決心離開電影圈了嗎？」

「你的情形……」

「我話還沒說完，」黎牧伸出手，說：「現在我才發現，臺灣註定就是一個不能搞電影的地方，所以，我還是及早改行為妙！」

「結果你還是沒有說出原因呀！」麥高插嘴道。

「原因？多的是！」，黎牧回答：「說起來，三天也說不完。我現在只簡單點說，目前拍一部普通點的國語片——普通的意思，就是場面不大，佈景少，時裝，沒有大牌明星，這種片子，至少至少也要三十五到四十萬。可是，你們知道在全臺灣各地放映之後，能收回多少錢？」

這個問題當然是錢通和麥高所不能回答的，而黎牧也並不需要他們回答。他接著用一種凜然的聲音說：

「最多不會超過二十萬，而且那已經是一部相當賣座的片子了！好了，四十萬收回一二十萬，另外那一大半老本就要靠香港、菲律賓和南洋四屬的拷貝，但，算盤是這樣打，做起來可不簡單。第一要靠人事，第二還要看看你的「卡司脫」有沒有票房價值？第三要算算片子裏有幾支歌？有沒有大膽的肉感鏡頭？至於故事情節，聲光攝影，那就更沒得談的了。臺灣拍的片子講究主題意識，公營公司和片廠不得不拍些口號教條片子向上面交差，民營公司又不得不多多少少加點「主題」進去，至少也得拖上一條光榮的尾巴。不然，影評家們就會罵你「完全忽略了主題」。既然沒有主題，評起來當然是問題多多；東挑眼，西找刺，自然一錢不值。結果呢，賣座奇慘。人家一看你的紀錄，先寒了心，另一方面是海外片商對臺灣的技術始終沒有信心，這樣一來，三塊錢買成一塊，已經額手稱慶；把利錢打上去，能夠保本，已經是奇蹟，想賺錢，那簡直是醉了酒作夢了。」說到這裏，他回復了原先那種有點矜持意味的笑意，說：「好了，拍一部賠一部，誰還敢拍？而這又是互為因果的，片子拍得少，開拍之前老闆們就顧慮得越多，巴不得在一部片子裏包含八十個主題。另外又不敢忽視生意眼，結果弄得不倫不類，牛頭不對馬嘴。拍的時候又生怕超出預算，於是一切因陋就簡，有錢人家陳設得一副窮酸相，該用五個臨時演員的改成兩個；演員因為戲拍得少，毫無進步；導演沒有比較，用不著競爭，於是拍完了事。到後來片子當然不賣錢，海外的拷貝更沒有指望。結果老闆賠了錢，更不敢拍片——這一循環下來，你們該明白了吧！」

說完了這篇大論，黎牧以為錢通應該打消那個念頭了。可是，錢通卻毫無所動，笑得和剛才一樣自然。

「你的話說完了吧？」他平靜地問。

「難道你還沒聽懂我的話？」黎牧困惑地注視著他。

「怎麼會不懂。」胖子笑了。這種自信而愉悅的笑聲連麥高都感到驚異。

可是，麥高並不表示意見。對於黎牧的申述，他雖然全部信服，但對於錢通的自信和固執，他也覺得其中必有道理。於是，他靜坐一旁，獨自啜飲著咖啡，等候事情的發展。

現在，反而是黎牧沉不住氣了。

「那麼你還是認為要搞電影啦？」他不快活地問。

「那當然！」

「慢點，」黎牧攔住錢通的話：「我先問你：要搞電影，可以，你的錢在那裏？」

胖子開始顫動著他那微微臃腫的身體笑起來了。

「這就是我和你不同的地方——觀點問題！」他說：「你看到的，是直線，正統做法！而我動的腦筋呢，是邪門兒！不過我相信這樣做一定會成功的，為了自己的理想，我們不是曾經規規矩矩的埋頭苦幹嗎？結果怎麼樣？這就是現實，克服現實就得要乖巧一點。」

雖然錢通沒有說出要怎樣「乖巧」，但黎牧已經意會到，就是指沒有錢也可以搞電影，而且還要搞得「有聲有色」、「名利雙收」。

他想起他認識影劇圈裏一位以空頭出名的製「騙」家，口袋裏老是塞著一部改換過好幾次名字的電影劇本，到處招搖。見了人一開口就是這個新戲不日開鏡，演員早已聘定，製片費已經存進銀行。為了使別人相信他的話，馬上從身上掏出一本已經拒絕往來的支票簿，翻了一下，然後聲明開鏡前一定親自把請帖送到，老兄一定要來捧場。但假如是遇見那些夢想要獻身銀幕的女人，那麼情形又不同了。先請對方到咖啡館坐下來，接著便稱讚對方的美麗，正是他這部新戲所要找的那種典型，馬上便要人家開出條件；反正合同早已打好，隨身攜帶，於是簽名蓋章，一言為定。臨走的時候，當然搶著付賬，可是摸摸口袋，馬上裝出第十八號吃驚的表情，說是錢包被扒手扒走了。結果向那位簽了合同的「明星」大為抱歉。但，戲還沒有結束，他說已約好幾位電影公司負責人在某某酒家吃飯，當然是和這部新片有關的。這一來，只好請她暫時設法代籌數百元，明天準定奉還。至於他第二天是否照辦，則不得已知，總之他就這樣混下來，生活得滿不錯。

黎牧當然知道錢通不會做出這種事情，但他究竟有些甚麼法寶，他卻很想知道。於是，他有點不耐煩的催促道：

「別賣關子了，錢胖，就把你的辦法說出來聽聽吧！」

錢通得意地笑笑。

「說出來，真是一個錢不值，」他說：「我們只要找到一個夠條件的女孩子！」

「怎麼樣才算是夠條件？」

「你還算是吃電影飯的？」胖子嚷道：「當然是，第一要年輕，最多不要超過二十歲，要不然剛剛捧紅，已經變老太婆了；第二呢，要漂亮——這個條件最嚴重，開麥拉菲司要好當然不用說，而且要充滿BB，蘇菲亞羅蘭和愛娃嘉娜那一類的性感和風塵氣，而且肥瘦，高度三圍要夠標準，假裝的現在已經不行了，因為片子裏多多少少要幾拍個肉感的半裸鏡頭，寧可以後讓電影檢查處剪掉，只要剪刀一下，觀眾就要搶著來看！」

「你還說你不大看電影？」黎牧驚異地打斷他的話，「我看你對這些滿內行嘛！」

「這叫做秀才不出門，能知天下事。」錢通矜持地眨眨眼，「這完全是因為我有習慣性便秘的關係！」

這一下，這兩位「股東」真的楞住了。

「怎麼跟你的便秘又扯上了呢？」麥高實在忍不住了，雖然他本來就對這位「九頭鳥」的口才折服，可是電影和便秘似乎離題太遠了。

「怎麼沒有關係，」胖子認真地解釋：「因為便秘，所以每天早上就得在馬桶上坐它半個鐘頭，在那種時候讀政治性的東西，反而不妙，因此我就看看副刊和影劇版，現在每一家報紙不是都新闢了個影劇版嗎？」

「我的天！」黎牧生起氣來：「你還在拐彎抹角——我不跟你開玩笑，錢胖，你要是再不說，我可要回家陪太太啦！」

「我沒拐彎抹角呀！」錢通分辯道：「是你自己把我的話岔開的。」

麥高息事寧人地擺擺手，調解道：

「好好好，你快點說吧！」

錢通重新提了一口氣，繼續說：

「當這個女孩子找到了，我們便要她跟我們訂五年的基本演員合同，然後……」

「你不要說了，」黎牧舉起手，阻止對方說下去，「你這一手我知道了，然後我們就把她當搖錢樹，宣傳一通，再將她租出去，就好像臺語片裏的那個——那個誰一樣？」

「你完全把我們自己估低了！」錢通馬上更正黎牧的話：「要是真的找到了那麼好的材料，我們憑甚麼不拍，而要把她租出去？」

「好，拍！我們用甚麼來拍——用嘴巴呀？」

「你別衝動，我剛才不是說沒錢也可以拍的嗎？」

黎牧不響了，其實是懶得說。當胖子又露出那種使他生氣的微笑時，他索性把身體靠在沙發背上，交抱著手，以一種淡漠的神態望著錢通。

「我所說的沒有錢，並不是一個錢也沒有，」錢通有條有理地說下去：「開辦費還是要的。開始的時候，我們先到市政府去登記一家影業社——不是影業公司！影業公司依照公司法要呈經濟部批准，太麻煩！然後在甚麼地方租一間寫字間，掛塊招牌。第一步工作就算完成了。第二步呢，一邊登報招考演員，一邊由你們兩位負責籌備一部新片，反正你們是一編一導，用不著求別人。總而言之，我們這個戲，目的是一定要捧出一個新人，所以劇本方面，要為她而寫，要娛樂性重一點，暴露一點性感，有悲有喜，作風大膽，插曲不妨多幾支。等到人找到了，便傾全力去替她宣傳，大批的製造新聞，鬧得個滿城風雨。然後，我們再開始第三步工作——找一個投資的人！」

錢通剛把話結束，黎牧馬上就把話接上去了。不過，語氣不再那麼尖銳，比較溫和。因為這個計劃雖然太理想了一點，不過，有一點卻把他打動了，那就是他終於可以實現了自己的夢想，正式導演一部影片了。

「可是，」他說：「要找到一個肯投資三四十萬下去的人，我看並不那麼容易吧？」

「是的，很不容易！」錢通說：「不過，這一點你們可以放心，這件事由我個人單獨負責。我這幾年雖然越混越不像話，但是卻認識了不少大老闆，而且他們都很看得起我。現在我所擔心的，倒是找不找得到一個這樣合乎理想的人？」他頓了頓，又接下去：「做生意的人總是習慣先看看貨色的，要是找到了，再加上我們這一套只許成功不許失敗的計劃，保險沒問題。三四十萬對我們來說，的確是個數目，對於有錢的人，只不過加個圈圈而已。你們想，要是這第一炮打響了，以後就不愁沒有人合作，等到我們經濟上有點基礎，再好好的拍一部我們理想的片子！」

黎牧摸摸下巴，他總覺得這個計劃有點毛病，但又說不出個所以然。不過，有一點他是看得很清楚的，既然要先丟開理想，找到錢了再去實現它，那麼賺錢的手段還得加以補充，因為這一行裏面的名堂花招，他相信要比錢通更清楚一點。

他忽然想到隨片登臺，時下正在流行這一套，逢片必登。結果，登臺的花樣百出，先是男女主角，接著是與片子無關的歌舞「明星」，其後，居然把馬戲團裏的侏儒和猴子神犬也請上臺。這一演變，有家公司乾脆連片都不用拍，幹起明星登臺大會串生意來了。總而言之，登臺受觀眾歡迎，一點也沒錯。

錢通看見黎牧楞著不嚮，於是他說：

「你看怎麼樣？老麥已經舉手贊成了！」

「我只負責一個劇本，」麥高連忙聲明：「不過，這部片子的故事……。」

「那還不簡單，」黎牧嚷起來，他記起他的「老闆」老是掛在嘴邊的一句格言，「你就東偷一點，西套一點好了！」

「那麼你也同意了？」胖子興奮地望著他。

黎牧略為想了想，回答道：

「暫時沒有意見，但是，說了半天，我們還欠一樣。」

「欠什麼？」

「——錢！」黎牧望望編劇和製片，「租個寫字間要錢吧？辦理工業登記，佈置辦公室文房四寶，招考演員的廣告費，這些也要錢吧？」

第一個冷下來的麥高，當他正想表示意見時，錢通搶先說了：

「這個，你們能拿出多少算多少，萬一沒有，就由我先設法去借一筆錢來作開辦費。」

「慢點，」麥高馬上伸手打斷他的話，很誠懇地說：「我可要把話說在前面，要是以後事情成不了，這筆借款，我的三分之一只能分期還啊！」

「我也只能這樣。」黎牧隨口附和，接著又認真地加以補充：「而且，這件事絕對不能讓小乖乖知道，要是讓她曉得呀，我可沒好日子過了。」

錢通胸有成竹地笑起來了，他忽然想起一個主意。

「你們到底是沒有大將風度，」他說：「你們以為我們花出去的這筆錢收不回來嗎？」

「要是這位明日的性感紅星找不到，片子拍不成呢？」

「你們還不懂我的意思，」明日的大製片家神秘地說：「即使拍不成，我們也不會賠一個子兒的！羊毛出在羊身上，明白了吧？」

他們只有越來越糊塗。

「你們真的沒有在招考的報名費上動腦筋？」

現在，黎牧算是明白過來了。可是，他馬上舉手反對。

「你動這種腦筋我退出！」他正色地說：「前幾天警察局剛剛破獲一個甚麼青年……友誼——甚麼聯誼社的，報紙上滿滿的登了一版——你罵我沒出息也好，這種事兒我不幹！」

還沒等到反應較為遲鈍的麥高附議，胖子生起氣來了。

「那麼，你是說我錢胖真的下流到專幹這種事兒？」

局面弄得很尷尬，黎牧連忙加以解釋，表明自己並不是道個意思；麥高也結結巴巴地打圓場，好在錢通並沒有真正生氣，同時，他也急於要將自己的辦法說出來，於是他分辯道：

「我們並不是像那些傢伙一樣，拿這個來做幌子，騙錢，我們真的要錄取一個的呀！」他頓了頓，然後比著手勢繼續說：「只不過我們把報名費略為提高一點而已——不過，這也是在適應投考者的心理；你假如祇叫他寄一張照片來，他覺得這件事情太簡單，不夠慎重，那就是說「大概不會有甚麼希望的」；但是如果我們在報紙廣告上，講明了我們徵求的條件很高、很嚴格，不夠格的請勿嚐試；而且，報名費還要二三十元？你們說怎麼樣？他們心理上就不同了，等到他收到我們寄給他的一份印刷得似模似樣，問的題目希奇古怪的表格——其實可以叫做報名書，因為是裝訂成一小冊的。等到面試的時候，就像最近有家公司一樣，叫他們在地上打打滾，學學狗叫，好了，小姐到底是小姐，臉皮再厚的也沒有多少能耐，弄到結果她還不知難而退？」

「你這樣，不是連一個也取不了？」麥高插嘴道。

「怎麼會取不了？」錢通解釋道：「我們要找的，是外型，要取那個，我們一見面心裏就有數了，這種考試只不過做得像那麼回事而已——好了，等到揭曉的時候，我們宣佈已經錄取了某某人，其餘的呢？每個人給她寄去一張特約演員聘書，聘書當然也是印得相當考究的。你們還不曉得這張廢紙對那些夢想著要上銀幕的小姐們多麼重要！我認識一位小姐，她也有一張，不曉得是那家缺德公司發給她的，片子始終沒有拍過，可是她覺得自己已經是準明星了，結果呀，平常眼睛也用眉筆勾起來了，還印了好幾種全身的、半身的、坦胸的、裝模作樣的照片，還簽上她的藝名，出街連公共汽車都不敢軋了，說是怕被別人認識她！」

現在，這兩位股東聽得有點入神了。

「反正特約演員就是特約演員，沒有規定說非要請她拍戲不可，不過，她們每個人都覺得自己有希望——既然有希望，她們還能夠說我們在騙她們的錢嗎？」

黎牧無話可說了，雖然他的心中仍然覺得有點彆扭。但是又覺得胖子的想法也不能說是完全不對。

「我認為報名費還是訂低一點比較好。」他說。

錢通很想問他：假如搞不成，墊出去的開辦費怎麼辦？但他又忍住了。他接著說：

「這個以後好商量——現在還有甚麼問題？」

麥高搖搖頭，表示沒有意見。黎牧思索了一下，說：「好吧，我們做做看吧！」

「那麼我明天就去市政府拿表格回來填，」胖子急急地說：「馬上開始籌備，這些事情就由我一個人負責跑好了——但是我們這個影業社叫甚麼名字呢？」

大家想了一下，一時想不出。最後還是錢通先想到。

「就叫做三傑影業社吧，」他接議道：「以前我們是三劍客，現在應該是三傑——編劇、導演、製片！」

五

梅多靈正在以一種激動的心情打開母親送給她的生日禮物，電話鈴響了。她連忙過去接聽。她以為這個電話一定是父親打回來的，因為她從中午開始，一連打了十幾個電話到公司去，想試探一下父親有沒有忘記自己的生日？但是始終沒有找到他的人；最後，她只好告訴那位秘書白小姐，要她轉告父親，說是有要緊的事，請他打電話回來。

現在，她拿起話筒，便抱怨地嚷起來：

「爸，你中午怎麼不回來嘛！我打了好多電話給你！」

其實，她也知道父親本來就很少在中午回來的。他永遠是那麼忙，一早出去，半夜回來，難得碰一次面。不過，她相信他不會忘記這個日子，因為前幾天她曾經向他暗示過。

可是，電話裏回答的，卻是一個女人的聲音。

「多靈，」那聲音說：「是我啊！」她足足有半分鐘的時間激動得說不出話。

「啊——媽！」她熱切地喊道。

「妳爸爸又失蹤了嗎？」母親以一種微微可以覺察在抑制的聲調問。

梅多靈還記得以前母親和父親吵嘴，而終於鬧離婚的原因。於是她掩飾地回答：

「他這兩天很忙，媽……」

「他真的那麼忙嗎？」

「媽，」她把話岔開：「謝謝妳，我正在拆開妳送給我的禮物呢！」

「哦……。妳穿穿看，我擔心妳又長高了！」

這就是梅太太——不，現在應該稱她為李園長，她是金女大畢業的，現在在中和鄉辦一所幼稚園，以遣愁懷——心裏既欣喜而又悲傷的事。這三年來，雖然女兒仍然時常到她那兒去看她，離婚並沒有影響她們母女間的感情。可是，每次見了面，她總覺得她們之間隔著一層甚麼，使她非常痛苦。同時，每次見面，即使是半月不見，她總覺得女兒又長高了，在她的感覺上，女兒不斷的在變，變得更漂亮，更大，離開她更遠。

聽見女兒沒回答，她又問：

「妳喜不喜歡這個樣子？」

「當然喜歡！」梅多靈翻翻手上這件湖水色的尼龍夜服，悒悒地回答：「不過，這種衣服平常又穿不出來的！」

「妳去參加甚麼舞會的時候，不就可以穿了嗎？」

「舞會？我沒去過！」

母親在電話裏沉默了一陣，然後低聲問：

「多靈你已經十八歲了吧？」

「早就十九了！」

「哦，難道妳十九歲了，還──」母親把話頓住，因為忽然覺得要說的話實在太多了，她很想見見她。「這樣吧，妳現在就到我這兒來吧，我下麵給妳吃。」

梅多靈猶豫了一下，為了報復父親的「失蹤」，她回答道：

「好的，我馬上就來！」

掛上電話，她連忙把母親送給她的那套夜服拿到樓上自己那間堆滿了各樣玩偶的房間裏去。

在這幢兩樓兩底的花園洋房裏面，除了一個肥頭胖耳的廚子，一個司機，一個成天往外跑的下女和一頭叫做「小咪」小花貓之外，就只有他們父女二人。而父親──「梅氏企業公司」的董事長──卻為了事業整天奔忙；梅多靈高中畢業之後，並沒有考取大學，因此她整天都呆在家裏。

她從小就是一個愛靜而有點怕羞的人。她很少朋友。由於向外界接觸得太少，所以她對很多事情都茫無所知，尤其對於愛情。

一個十九歲的女孩子沒有接觸過愛情，在今天這個愛情散佈得最普遍的社會裏，似乎是一件不可能的事，而且，她長得那麼美麗。但，事實上的確如此，假如說，她也了解過愛情的話，那麼除了從小說和電影中認識之外，便是她的幻想了。

富於幻想是她的長處，也是她排遣寂寞的方法。她的房間就是一座城──或者就稱為古堡，因為那些英俊的劍客，總是到那些古堡去和一些美麗的公主或者愛人幽會的，有時還冒著生命的危險進去救她們出來，而那些她從小就儲積起來的玩偶，就變成了她的臣民。她會為它們起名字，分職務；她時常和它們說話，或覺得到它們對她的感情。有些時候，她又把自己化身為所讀過的小說和所看過的電影裏的人物，披起一方頭巾，她是聖女貞德，但忽然間又變成了虎魄，變成了卡門；或者變成了小婦人裏面的那個怕羞的妹妹。

現在，當她將那套夜禮服貼在身上，對著衣櫥的鏡子打量著自己時，她就覺得當她把它穿起來，去參加一個甚麼舞會時，一定是很難為情的。

把衣服掛進衣櫥裏，她又對著鏡子，她第一次發覺身上這套有點稚氣的衣連裙很醜陋——至少配起她的身材和容貌是很醜陋的。

她的身材很勻稱，發育得很豐滿。一頭黑髮很自然的披在身後，眼睛就像她那頭小花貓一樣，大大的睜著，帶有點憂愁的意味；雖然她有一張小巧而美麗的嘴，但難得一笑；即使笑，也是一種羞澀的笑，剛剛展開，又驟然消失了。

她注視著鏡中的自己，笑笑，然後把頭髮挽起來。她想：假如我把髮型改變一下，再換上一套甚麼衣服……

她突然又想起卡門。她時常扮演卡門的，她最欣賞當她的情人死後她殉情的那一幕。

「但是我從來沒有化裝過她！」她對自己說：「對了，我要真正的裝扮一次，把眼睛塗得黑黑的，用口紅把嘴唇改寬，然後穿上一件坦胸的衣服——坦胸？」

她沒有坦胸的衣服，不過她知道可以用剪刀去剪成一件的。

樓下的電話響起來了，她才想起曾經答應過母親，要立刻到她那兒去。可是，當她接起電話，卻聽到父親的聲音。

「是多靈嗎？」

她故意不回答。

「哦，生爸爸的氣了是不是？」父親的聲音說：「多靈，妳真的不曉得爸爸每天多忙，忙得有時候……」

「——把我都忘了！」她冷冷地插嘴。

父親乾笑起來了。

「怎麼會呢！」父親接著說：「妳不相信是不是?喏，爸爸現在給妳證明——今天，是妳的生日，沒忘記吧！」

梅多靈忍不住笑了。這笑聲對坐在辦公室大皮椅上的梅董事長是一種安慰，他瞟了身邊的女秘書白小姐一眼，表示事態已經緩和下來了。

「而且呀，」他抑著頭說：「爸爸還特地給妳買了很好的生日禮物呢！」

「嗯。」梅多靈淡漠地應了一聲。

「妳猜是甚麼？」

「用不著猜！」她生硬地回答：「又是一隻會叫會閉眼睛的洋娃娃吧！」

「妳真聰明，」父親快活的聲音嚷道：「妳怎麼會知道的？」

她怎會知道的？她想：哪一個生日不是洋娃娃？所不同的，就是以前她要求父親買洋娃娃送給她，而現在，她忽然對洋娃娃厭惡起來。這突如其來的厭惡連她自己都感到驚訝。

「多靈，多靈！」

「甚麼嘛！」

「妳怎麼像是很不快活似的？」父親急急地問：「妳曉得吧，這隻洋娃娃還是爸爸託人從美國帶來的呢？現在我就叫司機給妳送回來。」

梅多靈立刻就可以把父親的話接下去：他一定說他正忙著，或者要赴重要的應酬，或者是開甚麼業務會議。於是她用一種堅決的聲音說：

「不用了！我正要把所有的洋娃娃統統燒掉呢！」

「燒掉！為甚麼？」

「為甚麼？」她激動起來：「我已經十九歲了！我已經很大了！我還成天的呆在家裏，陪小花貓玩，向洋娃娃說話——我不要！我要把它們統統燒掉！」

「多靈！多靈！」

她嘟起嘴，報復地望著手上的話筒。她驟然發現自己的確已經長大了，雖然她對自己這種激動仍然有點困惑，但，她心中卻有自傲而滿足的感覺。因為，這是她有生以來第一次反抗著自己。

最後，父親真的急起來了。

「好了好了，」他說：「我馬上就回來！」

「你回來也看不見我的！」她回答。

梅董事長震顫了一下，從女兒說要把所有的洋娃娃燒掉開始，他才驀然意識到女兒的確已經長大了。

「妳要到那兒去？」

「媽媽那裏！」梅多靈直截地說。

「媽媽那裏？」梅董事長無力地重複著這句話。霎時間他失去了思考的能力。直至女兒把電話掛斷，他才醒覺過來。

有一種奇異的情緒在騷擾著他。有點失望，也有點感傷，因為三年前——甚至更遠一點的事情又一起擁塞到心中來了。他努力掙扎著，沉重地吁了口氣。

然後，他有點惶亂地放下話筒，從大皮椅上站起來。

「我得回去一次，」他說：「——不過，妳別走，我馬上就回來的。」

「你去吧，你今天也應該回去陪陪她，」秘書小姐回答：「我今晚本來也有點事。」

「這樣好了，等一下我再到妳那兒接妳。」

「好吧，」她想了想，說：「不過我也許會遲一點才回去——呃，你不把它帶走呀？」

梅董事長向放在桌旁的那隻大洋娃娃瞟了一眼，說：

「送給妳吧？我得另外給她買一樣東西！妳說，一個十九歲的女孩，應該送點甚麼東西給她？」

她隨口說了幾樣化粧品和衣料這一類的東西，他便匆匆地走了。但，他走了之後，白爾薇小姐並沒有立刻走掉，她把那隻洋娃娃拿起來，又將它平放下來，聽著它那種單調的叫聲。然後，她無聊地靠坐在大皮椅上，趁著下班之前的一段時間去想想自己的事。

「他的女兒已經十九歲了，」她向自己說：「才比我小六歲！要是真的那樣的話，她會怎麼稱呼我呢？」

她的臉不自覺地紅了起來。

她明白，自己是一個虛榮心比較重的女人，以前的苦生活已經把她折磨夠了，她怕去想那些日子。她是很孤獨的，父母親很早就去世了——在重慶被炸彈炸死的，她便寄養在姑媽的家裏。而這位吝嗇成性的姑媽到臺灣之後，不知為了氣候還是其他甚麼關係，竟然又接連的養了三個孩子。在這種情形之下，白爾薇初中畢業之後，便出來做事了；最初，她在一家百貨公司裏做店員，但，百貨店裏的貨物對她是一種誘惑。她雖然有點瘦弱，不過，是相當迷人的；她很快的便戀愛了，又分開了。以後，她換過好幾種職業，以不方便為理由，她搬到外面來住。姑媽當然是求之不得；偶爾，她也會帶點東西回去探望她，目的只是想看看有沒有自己的信。為了往上爬，她在英語補習學校苦讀了兩年，又學會了打字，在一個偶然的機會進入了這家公司。而又在一個偶然的機會讓這位梅董事長賞識，而從樓下直接調到董事長辦公室裏來了。

梅董事長雖然已經五十出頭，但看起來仍然相當年輕。甚至可以說是很有點魅力的——那種有錢的中年男人所持有的那種魅力。他衣飾考究，言談風趣；而最重要的，他很容易對女人發生興趣，而且了解她們的心理，懂得討好她們。

在物質上，他盡可的能使她滿足；他不斷的向她暗示——這是技術問題，他慣於運用這種技術——他說他要娶她。但，白爾薇始終拿不定主意，因為在她的心靈裏面，仍然有一種固執的力量在不斷的增長著，這種力量使她困惑。

現在，白爾薇驀地端坐起來。她認真地問自己。

「我要到甚麼時候，才告訴他我根本沒有愛過他呢？」她不自覺地望了一眼身上這件在上個禮拜新買的灰色開司米短大衣，她開始有點憎恨自己。她想：假如她從開始的時候，就沒有接受過他的贈與的話，那麼現在，她便不會時常為這個問題而煩惱了。

因為，她覺得自己現在不能馬上離開他，除了沒有理由充分的藉口之外，似乎還有些兒歉疚和遺憾。

「可是，再下去我就完了！」她時常這樣向自己說。她明白女人的青春是有限的，同時物質上的誘惑已逐漸感到淡漠了；她愈在外表裝扮得美麗，便愈發現內在的醜惡，可是，當她經過一度深思，決心要把心中的話向他說出來時，她又阻止了自己。她要等候一個更合適的機會。

但，機會只等候那些決心要找到它的人。

下班的鈴聲響了，她收拾好桌上的東西，茫然地走出公司。在街上，她忽然不知道應該到那兒去？她盲目地走起來，她經過好些街道，又轉回原來的地方。

「我在尋找甚麼呢？」她苦澀地問自己。沒有答案。一輛車子在面前駛過，她忽然想起那部叫做「慾望街車」的電影，想起那個後來變成瘋狂的女主角……

「我也會變成那樣嗎？」這樣想，她隨即阻止自己想下去。她已經找到使自己這樣困惱和徬徨的原因了。

「我知道我所缺乏的和我正要找尋的是甚麼了——那是愛情！」

愛情這兩個字使她起了一陣寒慄。於是，她有點急不及待的要回到宿舍去，她要等他來，把那句始終說不出口的話告訴他。

至於那位梅董事長，這個時候已經回到家裏。下女告訴他小姐已經出去了，其實他已經知道她去的地方，梅多靈在電話裏已經說過了，但是仍然問：

「她到那裏去了？」

這位剛剛從街堂口那家洋裁店聊了半天才回來的下女順嘴回答：

「她沒有說。」

「哦……」他想了想，又問：「妳沒有看見她哭吧？」

「哭？呃，好……好像哭——不過我沒注意。」

他不再問下去。跨上汽車，他命令司機立刻趕去中和鄉。但是車子過了川端橋，他又變了主意。因為自從離婚之後，他很少和離了婚的太太見面，要是現在到她那兒找女兒的話，大家一定很尷尬的。

「而且，多靈也未必肯跟我回去。」

他忽然有點緊張起來，因為女兒始終是依順他的，即使以前她也時常到她母親那兒去，但總是避免讓他知道，可是這一次……

「停車！」他吼起來。

司機吃驚地把車剎住，困惑地望著他。

「回去回去！」他有點煩亂地擺著手說：「到衡陽路成都路一帶，我要去買一點女孩子用的東西！」

六

白爾薇住的地方，就在靠近新公園旁邊的一家小公寓裏。臺灣的公寓房子本來就很少，加上打光棍的人又特別多，所以在這幢舊式樓房裏面的住客，幾乎完全都是獨身的，而且都是在這兒了幾年以上的長客。

由於獨身者的毫無拘束，和一種出於同病相憐的心理，住戶之間的感情都處得很不壞；尤其是當有人害點小病痛，或者經濟上有甚麼特殊需要的時候，那種友愛和互助的精神表現得最徹底。因此，儘管白爾薇有時會感到這個地方有點雜亂，但卻又戀戀於它所特有的那種家的親切情趣，捨不得搬開。

現在，她剛走進大門，便看見隔壁房間的錢通急忙忙的從裏面跑出來。

「嗨！小白，」胖子招呼著她，在門外又回過頭來問：「妳也來兩塊嗎？」

「來甚麼兩塊呀？」

「油炸臭豆腐乾——我請客！」

門外一個沙嗄的聲音在喊著，她聽出是那個每天挑到門前叫賣的小江北。住在公寓裏的人可以掛欠的。

「那麼給我兩塊吧！」她笑著回答。

錢通正要轉身，住在內門邊的社會記者老嚴卻在窗口伸出頭，大叫起來：

「呃胖哥，我就不請啦——四塊！」

「噓……」錢通用手勢制止他，然後低下嗓門說：「你存心要我破產是不是！」

他的神情逗得心裏本來有點愁悶的白爾薇笑起來了。她向那個專門在外面把些謀殺案和黃色新聞帶回來「廣播」的記者招呼了一下，便上樓到自己的房間去。

公寓的房間都是一樣大小的，八個塌塌米，不過全部改為地板。白爾薇的房間和錢通的緊貼著，所不同的，就是她的房間在屋子的拐角，多出一面向南的窗子。房間內，陳設得頗為典雅，不像錢通的那一間——像個小客廳。大家都可以隨意出入。湊夠四個人，就在他那裏開闢戰場，弄得亂七八糟，烟霧騰騰。可是錢通從無半句怨言。他是愛熱鬧的，而且好客，所以在這間公寓裏，他是最得人緣的，大家都樂於和他親近。

白爾薇可以說是和錢通一起搬進來的，相差只有半個月。開始的時候，她有點討厭他。她覺得他太油嘴滑舌，太隨便，而且，睡覺的時候鼾聲太大。不過日子久了，她漸漸發現他的可愛。和他在一起的時候，雖然他也會像捉弄別人似的，喜歡逗她生氣，但是，總是恰到好處，適可而止。在他的面前，她用不著顧慮自己的自尊心，極其自然，就像是兄妹一樣。

現在，錢通喘著氣，雙手拿著兩隻鋁質的小碟子，用手拐推開她的房門。

「這盤辣椒多一點。」他把另一碟遞給她。

她接過來，問道：

「今天怎麼喜氣洋洋的呀——是不是剛在臺灣銀行做了一票？」

「在臺灣銀行做了一票」這句話是嚴以正從報館裏帶回來的流行語，大凡與金錢有關的事都用得著。錢通知道現在白爾薇說的，是問他是不是又跑成功一筆生意。

「不是，」他連忙回答：「正相反，今天讓別人給做了一票！」

「為甚麼，又給扒手扒啦？」

他仍然站在門口，咬了一口臭豆腐乾，搖搖頭。

「一個多年不見的老同學結婚週年，本人恭逢其盛，結果買了一隻粉盒送給他的太太——一百八十『科』！」

「那麼你還請客？」

「反正是上海人說的『横是横』了，湊夠兩百塊整數！」

錢通一向是這樣達觀的，白爾薇就羨慕他這一點。

「你就進來坐著吃吧，站在門口我看著難過。」她說。

他在靠近門邊的籐沙發上坐下來，一邊吃著東西，一邊說：

「雖然今天花了錢，卻大有收獲——我就要改行了！」

「改行？跑街不幹啦？」

「暫時還幹，不過要另謀發展。」

白爾薇停下筷子，望著他。他發覺了，於是故作神秘地笑著說：

「別看！能夠告訴妳的時候，我一定第一個告訴妳。」

「保密防諜也用不著保到我的身上來呀！」她不以為然地嚷起來：「別賣關子，說不定我還可以幫你點忙呢！」

為了表示自己並不是有意瞞她，於是連忙挨近她。

「就是因為我要妳幫忙，」他解釋道：「所以我現在還不能夠告訴妳，至少要等到一切計劃好了，再好好的告訴妳。」

「就不告訴我啦？」

他們回過頭，看見社會記者拿著空盤子，靠在門邊。

「臭豆腐乾謝了！」記者說：「晚上餛飩算我的！」

「少說風涼話，」白爾薇瞟了他一眼：「晚上你去上班了，還找得到你的魂呀！」

這時，錢通才想起嚴以正今天竟然沒出去跑新聞，而且他穿著一件骯髒的睡衣，拖著一隻露出大腳趾的草拖鞋，看樣子是剛起床。

「你不舒服呀？」錢通好心好意地問。

「沒有呀！」嚴以正用手掠掠油膩的頭髮。

「怎麼沒出去跑？」

「我不跑社會啦！」

「哦，那麼以後「賢達」不起來了——跑甚麼？」

「影劇！」嚴以正聳聳肩膀，「這樣反而落得清閒一點，每天只要跟那些電影公司通通電話，消息多得用不完。而且，有時候還可以來一下驚人之筆，捕風捉影一番，反正是不犯法的，被登的人和看的人都歡喜！」

「那麼你可以幫我向明星討照片了！」白爾薇接著說。

「照片算甚麼，」影劇記者神氣活現地眨眨眼，「改天呀，我帶兩個回來給妳看看！妳別看她們平常裝模作樣，見了我們呀，就乖乖的了！」

「那是因為你可以捧她們，也可以臭她們呀！」白爾薇帶著一種不滿意的神氣說：「你們這些人呀……」

「我可不是這樣啊！」嚴以正連忙辯白道：「而且，我剛剛才開始跑，臺灣的明星我連頭到尾認識不了半打——我是聽他們這樣說的。」

他的莊重使她相信了他的話，錢通站了起來。

「把空盤子給我。」他從白爾薇手上接過盤子，然後向仍然靠在門邊的嚴以正使個眼色，一起走出去。走到梯口，記者低促地問：

「胖哥，甚麼事？」

「你在房間等等我，」他順手接過嚴以正的盤子，「我馬上就上來！」

記者敏感地回頭望望白爾薇的房間。

「是不是小白跟那個老頭子出了事了？」他問。

「不是！」錢通神秘地回答：「是我和你的事！」

錢通下了樓，嚴以正仍呆呆的站著。除了欠胖子百把塊錢麻將賬之外，他想不出他們之間會有甚麼事？回到自己那間雜亂而充滿了烟味的房間裏去之後，錢通跟著進來了。

坐定之後，胖子先說：

「有一件事我要請你幫忙！」

「除了借錢之外，義不容辭！」記者回答。

「不是借錢，」他說：「最近我和幾個朋友要組織一家電影公司，正需要一個負責搞宣傳的——你先聽我說，我們是兄弟班，都沒有錢的，所以非要借助你老大哥的大力不可！」

「沒有錢，光宣傳又有甚麼用！」

「你還不懂我們的做法，」他把椅子挪近床邊，繼續說：「我認為宣傳就是本錢，有時候，好的宣傳比本錢還可靠！」

跑慣了法院警局，做事情一板一眼的嚴以正不以為然地說：

「那我就不懂了！」

「你甚麼時候改跑影劇的？」

「不到一個禮拜，甚麼事？」

「那難怪你不懂了！」錢通認真地說：「其實我也不懂，不過我喜歡看影劇消息。比方那個明星以前是甚麼出身啦，那家公司跟那家公司鬪法啦，片子鬧雙包啦，諸如此類的消息，真真假假，虛虛實實，看起來滿有趣。結果，我漸漸發現了其中的秘密。我舉個例子給你說，有一家叫做甚麼電影公司，據說連寫字間的房租都付不起的，可是他們的消息卻天天見報，熱鬧得很；過兩天，又宣佈了本年度的製片計劃，一開就是十二部，六部臺語，六部國語，而且還連編劇導演和男女主角的名字都登了出來——結果你以為怎麼樣？」

「當然是沒下文了」

「正好相反！」錢通故作其狀地頓了頓，然後說：「他們非但不是空頭支票，而且還雙開鏡——一開就是兩部。還在中山堂租了個甚麼廳舉行開鏡典禮，一點都不假！」

「那他們還是有錢呀！」記者說。

「有甚麼錢？」錢通繼續喋喋地解釋：「就靠一本說不定只有十塊錢存款的支票簿在耍，帖子是發了，消息是登了，明星是請了，鏡是開了，可是，那架只租用一天的攝影機裏面是空的，根本沒有裝膠片！」

這位剛踏進影劇圈的記者越聽越糊塗了。一方面他奇怪錢通怎麼會知道這種事，同時對他所說的事實大表懷疑，因為如果那家電影公司真的要這樣做的話，他的目的何在呢？

「目的？」錢通得意地笑起來，「虧你還是幹記者的！這就是戲法啦！」他說：「你曉得怎麼樣？只要形式上開了鏡，他們就可以向各地的戲院收定金，然後再付清開鏡典禮用掉的錢，正式籌備拍那部片子。」

「哦……」嚴以正恍然大悟地微張著嘴。

「事兒還沒有完吶！」錢通接著說：「光靠所收的定金，怎麼夠拍一部電影？好了，等到片子拍出一部份了，再三千五千的各別找人投資，最後——當然至少也得拖上一年半載，片子總算是殺青了，一算下來，一部最起碼的臺語片竟然拍了七八十萬。怎麼辦呢，於是那位總經理說是無顏見江東父老——所有的股東，一定要他把那部破片子交出來，由大家來處理。他老兄呢，引疚辭職！然後，在家裏休養一個時朝，再把拍那部片子時括來的錢拿出來再登記一家新公司，另起爐灶，東山再起！這樣三滾兩滾，就給他竄起來啦！」

記者鬆下一口氣，他定定的望著胖子，然後低聲問：

「你是不是想來這一手？」

「甚麼話！」錢通叫起來：「你真的以為我錢通這樣沒出息呀？我告訴你的目的，就是要讓你知道宣傳的重要！沒有錢也一樣可以創事業的！」

「……」記者思索了一下，說：「可是你還是沒有把你們的做法告訴我。」

錢通摸摸下巴，看看手錶，便站起來。

「這樣吧，」他提議道：「要說，也不是三兩句話可以說得完的，你把衣服穿好，我們到一個甚麼地方坐坐，讓我把整個計劃告訴你！」

「好吧！」記者跟著站起來。

幾分鐘之後，嚴以正把衣服穿好了，他到前面的房間去叫錢通時，錢通的房門是開著的，人卻不在。他轉到白爾薇那邊，她已換過一套衣服，正對著鏡子打扮。

「你等一下，他馬上就上來，」她向他說。忽然，她又回過頭來問：「你們吱吱咕咕的在談些甚麼呀？」

「天機不可預洩！」記者神秘地回答。

「是不是關於錢胖要做生意的事？」

「妳怎麼知道？」

「他向我提了一下——究竟是甚麼好路道嘛？」

嚴以正剛要說他還不十分明白，錢通氣呼呼地進來了。

「打通了，他叫妳別出去。」他向白爾薇說。

「他有沒有問你是甚麼人？」她問。

「放心好了，我說我是工友！」錢通笑著回答。

白爾薇笑笑，然後向錢通說：

「那麼你們去吧，我不去了！」

本來，她是打算和他們一起出去散散心的，但又想到老頭子（就是梅董事長）可能要來，於是請錢通代她打個電話到梅公館去問問。而這個電話正好讓從街上買了半車生日禮物回來的梅董事長接到了。

其實，錢通並不希望白爾薇跟他們一起去，因為和她一起，談話不大方便。所以當她宣佈不去的時候，他真有點求之不得，但卻裝作有點失望的樣子。

「我太沒有福氣了，」他說：「認識三年，我還從來沒有這份光榮請你出去玩過呀！」

「今天是我要跟你們出去的！」她聲明道。

「那更使人失望啦！」他忽然半真半假的沉下聲音，望著她說：「真的，小白，從現在起，我開始要追妳了！」

「用不著追，我就住在你隔壁。」

汽車的喇叭聲在門外響起來。這聲音是大家聽熟了的，是老頭子的那部一九五七年奧斯摩比。

「那麼快就到啦！」白爾薇詫異地喊道。

「那是私家汽車呀，」嚴以正調侃道：「要是我們坐的那種呀，不曉得司機老爺到站的時候肯不肯停呢。」

「妳先請吧！」錢通接著說。

「你們先走，」白爾薇回答：「我要讓他多等一下再下去！」

「不不！」胖子嚷起來：「還是妳先請，我現在是追求者之一，見不得情敵——尤其是這種又老又有錢的情敵！」

「胖哥你少罵人。你要死了！」白爾薇嬌嗔地用小拳頭捶了錢通兩下，終於先走了。

等到他們兩個下樓，車子已經開走了。

「有車子是方便呀。」錢通因為人胖，平常就怕走路，而軋公共汽車的基本技術不夠，而且給扒過兩次口袋寒了心，現在他有點感嘆地說：「——追女人也方便！」

「廢話嘛！」記者接著嚷起來，因為他那輛六年前配給到的鋁管腳踏車成天拋錨，不是爆胎就是斷鍊；平常雖然不怕偷車黨光顧，但越在緊要關頭它越不合作。

「你說，小白是不是因為他有錢才喜歡他？」

記者回過頭來望望仍在想著甚麼心事的錢通，他對他這句突然冒出來的話覺得奇怪。由於這也是一句廢話，因此他索性不回答。但，胖子卻繼續說下去。

「不過很奇怪，」他說：「我總覺得小白並不是那種女人！但是她又為甚麼捨不得放呢？」

「我看你像是對她忽然發生興趣似的！」

「也許有一點，」錢通誠實地回答：「我發現她今天有點不對勁兒——呃，老嚴，我是長得太難看了，撇開不談，你雖然是塊焦鹽排骨，但是西裝一穿，還是滿瀟洒的呀，怎麼你就從來沒有動過腦筋去追追她？」

嚴以正感傷地嘆了口氣。

「你以為我不想嗎？」他解釋道：「我以前也結過婚的，但一個月不到，太太就受不了，跟我離了！」

「受不了？」錢通認真地上上下下打量了一下走在身邊的嚴以正，然後又伸手去捏捏對方那瘦得只剩下骨頭的手臂，「真看不出嘛！」他說。

記者感慨地翻翻眼睛。

「世界上，有兩種人不配結婚。」他解釋道：「一種是婦科醫生，他見識多了，對自己太太熱不起來；一種就是我們這種人：晚上太太睡覺，你上班，等到你精疲力盡下班的時候，天已經亮了——當然受不了！」

錢通現在全明白過來了。他們繼續談一些男女間的事，後來到西門町一家咖啡館坐下來，才把話轉到正題。

一個小時之後，嚴以正——這位新任宣傳大員到報館上班去，胖子獨自回到公寓裏來。上了樓，他看見白爾薇房內亮著燈，正覺得奇怪，房門打開了。

「嗨，胖哥！」白爾薇已經換上睡衣，喊道。

「妳這麼早就回來啦？」

「我今天心情不好，結果我沒跟他出去！」

「哦……」

「進來聊一會吧！」

因為自己剛饞和嚴以正談到她，所以錢通微微有點不自然，他站在門邊說：「妳不是要睡了嗎？」

「不，我在等你回來。」白爾薇認真地回答。

「等我？」他困惑地問。

「嗯，我也想改行了！」她回答。

「改甚麼行，妳不是幹得滿好的嗎？」

「你以為我幹得很好？」她反問。

「……」他望著她，「可是我沒有看見妳怨過呀！」

她繞到前面去，背著他。

「胖哥，」她忽然問：「我跟老頭子在一起，你有沒有看不起我？」

這句話是很難回答的。從錢通第一天發覺她跟梅董事長在一起之後，他的確有點不大舒服。不過，漸漸有點習以為常了。現在經她道一問，他倒有一點厭惡起來。

「看不起倒沒有，」他含糊地說：「不過我覺得奇怪，妳怎麼會喜歡他的？」

「你以為我喜歡他？」

「既然討厭，妳為甚麼要跟他在一起？」

她嘆了一口氣，在沙發上坐下來。

「你也坐下來好不好，」她說：「我有些話要跟你談談！」

假如是以前，錢通會毫不在乎的，可是，現在他卻有點彆扭拘束。他突然發覺自己的確有點喜歡她了，因此當她以一種深摯而坦然的目光望著他時，他反而有點不自然起來。

「胖哥，」她接著說：「我今天差點要跟他攤牌了！」

「攤甚麼牌？」

「他要我嫁給他！」

「嫁給他？」錢通大聲叫起來，他被自己的聲音嚇了一跳。

經過一陣沉默，白爾薇開始敘述她與「老頭子」之間的關係，說到最後，她表明了一點：時間久了，她不忍心使對方太難堪。

「除了嫁給他，」錢通有意味地插嘴道：「我看，他總歸是難堪的！」

「我想慢慢的可以冷下來……」

「那麼你們以前曾經熱過了？」

「也不是熱，」她認真地分辯：「男女之間，本來就是那麼一回事，多見幾次面，也就不覺得討厭了！」

「尤其是還獻點小慇懃，送點小東西。」

「誰叫我是女人呀！」她有點怨恨地嚷道：「我搬來這裏幾年了，也沒看見你們甚麼人對我有過興趣！」她定定的望著他，突然又轉換了另一種語調：「真的，胖哥，在你們的眼裏面，我是不是一個無可救藥的壞女人？」

「妳又來了！」

錢通這種尷尬的樣子使白爾薇的情緒緩和了一點，她苦澀地笑笑。

「那個時候你不知道，」她說：「我剛從親戚家裏搬出來，找到待遇這樣好的事情可真不容易，所以後來我發現他對我有點那個的時候，我也只好忍受。」

他靜靜地聽著，因為白爾薇從來沒有向他提起過關於她自己的事。

「那個時候，他還沒有離婚。」

「哦，他結過婚的？」

「女兒都差不多有我那麼大了！」她說：「聽說他的女兒長得很漂亮，就是有點怪，他爸爸的辦公室她一次也沒來過！」

錢通摸摸下巴，他忽然對她的事關切起來——其實也不是關切，那是含有些兒妒嫉意味的情緒。

「於是妳就以為有希望了？」他冷冷地接上一句。

「希望甚麼？」

「等他娶妳呀！經理討秘書、醫生討護士，下女嫁車夫，不是都很自然的嗎。」

「要嫁，我早就嫁了，還會拖到現在！」

他實在有點沉不住氣了。他激動起來。

「那麼妳還拖甚麼？」

「真的，我也不知道我在拖甚麼？」她沉重地吁了一口氣，把頭仰起來，望著淺綠色的天花板，「我時常向自己說，離開他吧！可是等到見了面，話又說不出來了。我有時真的有點懷疑他有甚麼魅力——小說不是時常說，中年男人有甚麼魅力的嗎？」

「這老頭子要是還算中年呀，」錢通按捺不住跳起來，指著自己，「我錢通只好算是童子軍了！」

「你這樣緊張幹甚麼呀！我發現你今天特別恨他似的。」

「恨他？我還要揍他呢！」

「真的？——好！那麼我明天就辭職不幹！」

錢通看見白爾薇這種興奮的樣子，感到有點茫然。

「不幹？為甚麼不幹？」後面這句話他沒有說。

「不幹就不幹！有甚麼希奇！」

「妳真的捨得？事情可不容易找啊！」

「你看著好了。」

錢通注視著白爾薇，她的堅決反而使他懷疑起來了。

「那麼，」他開始低聲問：「妳有沒有考慮過，妳辭職不幹之後，有甚麼打算？」

「目前還沒有，」她誠實地搖搖頭，「連辭職我都是才想到的——你不是說，你要改行搞甚麼生意的嗎？我投你的資！」

七

三天之後，「五傑影業公司籌備處」的大紅紙條在昆明街一家新起的大樓門口貼出來了。那幾個字是黎牧請廠裏的那位書幕先生寫的，還是一種甚麼體，總之是相當夠氣派。

本來，他們的計劃是登記一家影業社，後來商談結果，認為這個「社」字太小兒科，不登大雅，正巧錢通有天在十三路公共車站碰到法學院「外交官時期」的老同學，而那位唸經濟的同學目前在一位頗有名氣的會計師事務所裏做助手，於是拍拍胸口，應承一手包辦。至於費用方面，因為是老同學的關係，事情成功之後看著給好了。因此，他們索性辦理公司登記。可是，問題接著又來了：要是影業社的話，那麼辦公的地方小一點也無所謂，現在是公司了，總不好意思和別人共用一間寫字間。同時錢通認為：「門面」是最重要的，要唬得住人才行。於是他拿著中央日報的分類小廣告找到昆明街這家大樓來之後，便定了下來。

按照一般的行情，像這樣前面靠窗，一裏一外的辦公室，別說押金，單單房租他們就付不起，但碰巧房東老闆是個經營小酒家發達的暴發戶，長得和錢通一樣肥；難得的還是一個標準影迷。當他聽說是電影公司時，他連忙舉了幾個例：說現在的某某明星就是他所經營的酒家裏出去的酒女。不過，他用最標準的臺灣國語聲明，他看不起臺語片。他說，他要是拍片的話，一定要拍國語片。看準了這個機會，錢通馬上給他「上戲」：說他的體型和臉上的線條都比香港的劉恩甲好，要是幹電影，香港那一批胖子明星全沒得混了。這一捧，房東老闆輕了五公斤。

「不過，我沒有臺灣的李冠章胖！」他失望地說。

「那不要緊，」錢通連忙打氣：「大胖子有大胖子的戲，中胖子有中胖子的戲，小胖子有小胖子的戲……」

「那麼，我算是中胖『煮』了？」

「那是最佔便宜的了！其實太胖也不好，聽說李冠章的血壓很高——你的多少？」

「高了一點，喝酒的關係。」

「那不要緊，」錢通說：「我以前也高，不過，一幹電影呀，倒低下來了……」

總之，這一胡扯，房東老闆忘了自己姓甚麼。房子不要押金不說，房租也打了個對折，先付後住。唯一的條件，就是有機會的話，讓他過過明星癮。

那當然是一件輕而易舉的事。反正目前只是在「籌備」而已，以後片子拍不拍得成，誰也沒有把握的。而且，即使拍成了，在戲裏隨便加上一個不相干的角色，也是極其普通的事，尤其是胖子。不知道這種趣味打甚麼時候起，國語片觀眾只要看見胖子就要笑，而且導演一定會給他來一個「強烈的對比」，和胖子配戲的一定是個瘦子，或者瘦子經理的太太一定是一個體重三百磅的肥婆。

同時，為了先替這家空頭公司安排一條「萬一以後要欠房錢」的退路，錢通堅持著要給這位賴老闆一個顧問名義。房東老闆的名片上本來就印了七八個頭銜：甚麼酒家經理、甚麼工會的理事、甚麼國民學校家長會的委員等等，但他對「顧問」這兩個字頗感興趣。最初他表示不敢當，然後聲明一定盡力——假如有甚麼困難的話。最後，他說公司成立的那天，他要在酒家請客。

所謂好的開始，就是成功的一半。房子定下來之後，他們勇氣陡增。當天晚上，錢通便偷偷的約了黎牧（因為這件事是必須瞞著小乖乖的）到麥高那見開了個方桌會議——白爾薇要去跟老頭子攤牌，祇好缺席。

錢通首先發言。因為白爾薇和嚴以正的「加盟」已經舉手通過：總之，有錢出錢，有力出力，好處大家均分。為昭信譽，胖子把白爾薇先拿出來的五千塊錢籌備費託一位朋友在銀行開了個戶，一共蓋上五個圖章，少一個也領不出錢。當他把房子的事情加油加醬地報告之後，少不了博得一片掌聲。

「現在是噴氣時代，」他喘著氣結束自己的話：「咱們說幹就幹，明天就佈置好，後天就搬進去正式辦公！」

「我看，照老規矩，我們還是翻翻曆書找個好日子吧！」記者提議。

「你太落伍！」因為是比較熟，胖子馬上批評起來：「現在誰還按照老規矩做事呀！曆書上明明寫有那天不宜剃頭不宜沐浴，理髮店洗澡堂還不是天天開門！時代不同啦！當年剛來臺灣的時候，三十來歲的女人都不敢穿洋裝，覺得得彆扭，現在呢，穿起旗袍的都是本省人啦！」

大概因為是「乾股」，嚴以正不說話了。

錢通望望另外兩個股東，然後繼續說：

「現在，我想我們先把職務劃分一下，各負其責，分頭並進，這樣辦起事來才有效率！」

「股東」們當然沒有意見。

錢通舔舔嘴唇，然後說：

「我覺得，公司的開辦費是由白小姐墊出的，而且女人家做事比較細心可靠，所以我提議讓她負責財務，會計兼出納。怎麼樣？」

「同意！」另外三個人一致舉手。

「好，這個決定了。那麼老嚴做宣傳部主任，當然毫無疑問；老麥跟老黎一編一導，負責製片部，至於兄弟呢，德薄能鮮，願意幹老本行，追隨各位，就做總務好了。」

但，其他三個人馬上反對。

「不對！」黎牧說：「既然是公司組織，當然要有一個經理擔負全責。」

「你們就在你們之間選出一個好了，」錢通接住黎牧的話：「反正都是自己人，誰當都是一樣！」

「我先聲明我幹不來！」麥高隨即舉起手。

「我也不能幹，」記者接著也把手舉起來，「因為我在報館的工作已經夠忙的了，公司的宣傳我只不過是就便『夾帶』，幫忙性質，我實在分不出時間。」

「我也不行，」在錢通要想說話之前，黎牧已經開口了：「你先聽我說，我的理由也不少，一、我不懂得經營，二、我不會應付人，三、我怕太太——你曉得的，我連參加搞這家公司，都不敢讓小乖乖知道，要是她發現我還是個經理呀……」

「那麼，只剩下白小姐了！」

「不，還有你！」黎牧說：「白小姐已經會計兼出納了，而且，這個經理比別的不同，除了口才好，還要派頭夠，那才壓得住！我覺得你是最合適的——慢點，讓我把話說完，你的條件比我們夠，外面兜得轉，認識公司行號的老闆又多，而我們是要靠外力支持的！你又會說，不管怎麼樣，至少也長得像個大經理！」

「同時，你還是這件事情的原始發起人！」

錢通望望這三位股東，想了想，於是誠懇地說：

「你們真的認為我可以幹得下來嗎？」

「當然，」記者認真地指指胖子的鼻子，「看你的相，你將來還可能幹財政部長呢！」

胖子心裏想，看相的都說他有妻財，而且四十五以後大富大貴，但他從來沒想過要當財政部長——外交部長倒是想過的，當年在法學院宿舍裏，他時常向同系的那幾個同學分配，將來你出使那裏，他出使那裏……

不過，這場選舉總算是結束了。

第二天，新任經理便到長沙街一家熟識的傢俱店去，選了四張辦公桌：新式的，其中一張比較大，一套沙發，和一些用得到的東西。先付四分之一，餘下的分期付款。當天下午，他便把辦公室佈置得似模似樣，連水瓶茶杯、痰盂掃帚、文房四寶等物，亦購備齊全。

房東老闆看見他一個人忙進忙出，覺得奇怪，後來忍不住問他為甚麼不找個工友來幫忙？錢通故意把笑聲拖長，好有充分的時間想答話。

「大概是因為在外國住久了，」他說：「在國外，再有錢也請不起工人的，所以甚麼都要自己親手做——做習慣了！」

賴老闆對他有點肅然起敬起來。

「怪不得你做事又快又爽氣，」他阿諛道：「我也有幾個外國朋友──在酒家裏認識的，他們真有意思，吃酒不請客，連吃香烟都各吃各的！」

「是呀，沒有甚麼人情味，所以我寧可回國來──來，抽一支烟！」錢通拿出來的那包烟是外國烟，因為上次來看房子的時候，這位賴老闆給他抽的是新樂園；他知道有些人專門在小的地方衡量別人的，所以他事先就準備好了。

「外國人吃的東西我都沒有甚麼興趣，」他用一隻冒牌朗生打火機替房東把烟點燃，說：「香烟我卻非抽洋烟不可！」

「你也喜歡喝酒嗎？」

「喜歡喝，但是量不大──不過一定要喝好酒！」

「好的，我還有幾瓶白馬存貨，」房東親熱地說：「你們甚麼時候開張呀？」

「開張？哦……」錢通翻翻眼睛，「明天就正式辦公了，不過，現在公司還沒有登記下來，所以我們不準備舉行甚麼儀式！」

「那沒有關係！先行交易，擇吉開張，還是要意思一下。這樣吧，晚上我請客，我說過要請客的。」

第二天早上，這「五傑」正式到公司辦公了。到了門口，看見臺灣特有的「祝開幕」紙花架擺了兩排。起先他們還以為是這座大樓那一家公司新開張的，可是一看上面的落款，都楞住了。原來全是「五傑影業公司」的。最後，總算是讓錢「經理」看出了端倪，因為送的人都是甚麼食堂甚麼酒家的。

「一定是賴顧問弄來的！」他喃喃地說。

「那一個賴顧問？」黎牧問。

「就是房東老闆嘛！」錢通指指樓上，「我不是跟你們說過嗎。」

「他的排場可真不小呀！」白爾薇說：「怎麼樣，咱們上樓吧！」

「慢一點！」錢通阻止她，「來而不往非禮也，本地人最講究面子，咱們也得表示表示！」

「你還想幹甚麼？」

「經理」一把拉住黎牧，同時要其他的人跟他一起走。一個鐘頭之後，他們再捧著一隻在中華路買來的大鏡框回來。框內是一張顧問聘書。

這一著，是這位賴「顧問」所沒有意料到的。雖然他們一共只花了四十多塊錢，但他相當滿意這種氣派。

進了那間掛滿了「祝開幕」玻璃鏡框的辦公室，錢通替賴老闆介紹黎牧他們。「顧問」握一次手，遞一張大名片。

「多指教，多指教。」他說。

看見他們在看那些庸俗不堪的風景鏡框，他連忙加以解釋：

「這是我們臺灣的規矩，掛兩天可以取下來的！」

黎牧放鬆下一口氣，他瞟了麥高一眼，發覺對方已經在他靠窗的一張桌子坐下來，東看看，西摸摸。

「顧問，請坐呀！」「經理」招呼著。

「不坐了，」賴「顧問」回答：「我不打擾你們辦公，我還有點事要出去一下。不過下午不要走開，我們六點鐘先去吃日本料理，然後再到酒家去——哦！」他突然摸摸發亮的腦袋，喊道：「不行！不行！」

錢通猛吃一驚，他以為房東老闆興奮過度，腦冲血了，但看見他沒有倒下，才放了心。

「怎麼啦！」

「不行不行，不能去酒家——白小姐不能去！」房東老闆誠懇地說：「這樣好了，我們另外換一個地方吧。」

「你們去你們的，」白爾薇連忙表示，「吃日本料理，我去；吃過以後我還有一點事，你們愛去那裏就去那裏，不要緊的！」

「顧問」不相信，但錢通知道白爾薇說的是實話。因為她雖然參加了公司，事實上還沒有正式辭掉原來的職業——可能在一個短時間不會辭掉。反正，原因很多，而且錢通也並不希望她真的辭掉，只要她對「老頭子」保持一個相當距離就行了。

最後，賴老闆只好維持原議。不過在他離開辦公室時，他特別向白爾薇聲明，改天再補請她。

他出去之後，白爾薇看看錶，跟著站了起來。

「我得走了。」她說：「反正現在還沒有我的事。」

「那麼下午呢？」錢通問。

「我真的有點不想去，日本菜的味道我實在吃不來。」

「那怎麼好意思呢！妳不來，他會見怪的。現在，」胖子擺擺手，「你們大家親眼看見了，可不是我故意編出來騙你們的──本地人的規矩大得很呢！」

「好吧！」她聳聳肩膀，向麥高和黎牧點點頭，然後走出辦公室。

錢通送她到樓梯口，本來要向她說兩句甚麼話的，但一時又忘了。最後，他含糊地說：

「就這樣吧，最好在六點以前能趕來。」

回到辦公室，黎牧神神秘秘地向他走過來。

「錢胖，他認真地說：「我不能去！」

「為甚麼，你不是女人呀！」

「導演」尷尬地望望「宣傳主任」，暗自拉了胖子一把，低聲抱怨道：

「為甚麼你還不明白？」

「你就說出來吧！」麥高陰陽怪氣地嚷道：「因為怕小乖乖要他的命──饒了他吧！」

「怕老婆的人我見過不少，」錢通不以為然地叫起來：「可沒有像你這樣，這樣……」

「呃，呃，你先聽我說好不好！」

「你不是說了嗎？」

看見「經理」真的有點光火，編劇先生連忙打圓場。

「這樣好了，老黎，」他建議：「吃完了我們一起送你回家去，這比開保單還靠得住吧？」

「不行，她只要看看你們那份醉態就猜到我們去那裏了！」

「嗯，這話也對——那麼今晚上你不喝酒，吃完了你一個人回去，就說在錢胖那裏聊天總可以了吧？」

「我想過了，還是不行！」黎牧憂慮地咬咬指甲。

「怎麼不行？」錢胖又嚷起來：「我再開一張保證書，蓋上手指印腳趾模，這總行了吧？」

「你們不知道呀，」黎牧困難地解釋：「酒家女身上總洒有一點香水的，我那位太太呀，鼻子比狗都靈！」

他們沉默了一陣，最後總算讓「宣傳大員」給他想了個辦法。

「這樣吧，」他說：「我們盡量讓那些酒女不靠近你，那就不會沾著甚麼香味了！」

「其實有也沒有關係，」錢通接著說：「你一回去就說，同乘一部公共汽車的一個女人搽了一身香水，聞得你想吐……」

現在，輪到麥高開口了，他以寫傳奇小說的手法，再加上一種半鄙視半嘲弄的聲音喊道：

「要是認為他們出的主意都不保險，你就帶一把已經開了的夜來香回去好了！」

「到底是寫小說的！」錢通情不自禁地讚美起來。

這天，他們以極其愉快的心情開始他們的工作。他們先擬定一個有吸引力的片名，因為片名的好壞往往會影響賣座的。觀眾既不會喜歡那種有酸味的文藝片名，也不喜歡那種猜謎式的；最好的片名，應該是既通俗（文字要讓小學二年級的都看得懂）而又使人想入非非的。因此，他們每人先想十個片名，然後一起來選擇。這種先有片名，然後再套內容的片子目前在流行，就如同老師先出題目，然後學生再做文章樣一合理。結果，他們決定了錢通想到的「大膽女郎」。

「女郎這兩個字不好，」黎牧提議道：「還是用『姑娘』乾脆！而且日本片裏面的甚麼姑娘甚麼姑娘的都非常賣錢！」

錢通向來從善如流的，連忙說：

「那就用『大膽姑娘』好了，」他張牙舞爪地比著手勢，「我的意思，是片子的海報一定要這樣——一個不穿衣服的女孩子，兩個手蒙著胸部，作驚訝，挑逗，害羞狀！當然，她的身材臉型是非常迷人的！」

「大概不行！」記者說：「警察局要干涉的，你們忘了新生戲院ＢＢ的那張大看板，後來是用東西遮起來才許掛呀！」

「那還不簡單，設計的時候，用片名的字將重要的地方遮起來好了！半隱半現反而更誘惑。」

「那麼，這個女孩子就是我們要找的女主角了？」麥高插嘴問。

「對啦！」錢通咬咬下唇，說：「好，片名有了，有了題目就好辦。」他指著麥高：「老麥，現在你的工作就是挖空心思去寫『大膽姑娘』這個劇本！最主要的是片內要有十二支，熱舞三場，戲方面當然熱鬧刺激，盡量描寫這個姑娘如何大膽，設法讓她暴露！」

「那好辦！」麥高胸有成竹地回答。

「現在輪到我們三個人要怎麼樣去找這位大膽的女主角了！」經理先生望著另外兩個人說。

「登廣告徵求如何？」黎牧問。

「不理想！」胖子回答：「一方面是要花錢，二方面是這種方式太陳舊，力量不夠！我看，還是看我們宣傳大員耍他的法寶吧！」

嚴以正一時弄得莫明其妙起來。

「我有甚麼法寶好耍呀？」

「你的反應真是太差了！」錢通批評道。

「要是不差，那年我就考取空軍了！」

「空軍？你還是替國家省點錢吧！飛機是買來的呀——我問你，你們跑影劇的記者互相有沒有聯絡的？」

「怎麼會沒有！要好的同業，每天總要碰頭的。」

「那好極了，」胖子連忙拿出一本拍紙簿，交到記者的面前，說：「現在你馬上寫！」

「寫甚麼呀？」記者莫明其妙地望著他。

「消息！」錢通回答：「你用新聞的方式發出來，一方面可以省掉廣告費，二來收效更大！這樣，你就說：擁有僑資多少百萬的五傑影業公司已經成立了，預定本年度拍攝國語影片六部，四部黑白，兩部彩色——你喜歡怎麼吹就怎麼吹好了，反正吹牛既不用貼印花，又不犯法！至於創業的第一炮呢，已經決定『大膽姑娘』，劇本是由馳名海內外的青年小說家麥高……」

「不！不行！」麥高連忙嚷起來：「千萬不能登我這個名字，編劇的名字你們隨便用甚麼阿貓阿狗都可以！」

「你何必那麼固執呢！」

「不是固執——這樣吧，就用『魏勒潛』好了，反正這個名字的名氣比麥高大！」

「好吧——是由馳名海內外的青年小說家魏勒潛執筆編寫，並聘定權威青年老牌大導演黎牧——老黎，你的名字沒有問題吧？」

「問題是沒有，」黎牧回答：「不過最好是不要登出來！」

「經理」的臉色變了，他揚起頭。

「你們到底是甚麼毛病呀！」他吼道：「是不是登出來了會丟你們的人？」

「你別衝動好不好，」導演忙解釋：「你想，事情沒有成之前，我是絕對要瞞著小乖乖的，要是登了出來，不就了！」

「好吧！」錢通嘆了一口氣，繼續說：「把導演這一條劃掉！至於女主角呢，為了符合劇本上的要求，決定公開徵求新人。至於條件方面……你們有甚麼意見？」

黎牧規規矩矩的舉起手。提議道：

「最好是規定投考者必須是從未參加過任何公司考試的！」

「為甚麼？不見得人家不要的，就不好呀！」

「這你就不懂了，」黎牧解釋：「有一批人呀，只要招考，他準來！結果忙得你頭昏眼花，一無結果！」

「你以為規定了，就能阻止他們不來了嗎？」錢通說：「不要緊，就讓他們來好了，我的『那一套』就是不怕人多——你就這樣寫吧，條件：一、中學以上程度；二、省籍不拘；但要國語純正；三、年齡十八至二十五，未婚；四、對自己的面貌身材有充分自信的，可投函該公司報名。」

等到嚴以正記錄好，錢通再補充道：

「哦，還要加上公司的地址，要不然等於白登。」

「你以為這樣登會有效嗎？」看見胖子這副得意的樣子，黎牧忍不住問。

「你們看吧，絕對錯不了！」

記者把稿子擬好了，錢通要他另外用不同的筆調和方式照這內容再寫數則，分送給其他的幾家報紙。然後，他又回到自己的座位上坐下來。

「老黎，」他向導演招呼道：「來吧，現在要輪到我們了——你先列出考試的程序和口試筆試的題目，我來設計報名用的表格。下午就送去印！」

「那麼甚麼時候見報呢？」嚴以正抬起頭問。

「最好是明天，」錢通回答：「幾家報紙一起登，才容易引起大家的注意——那些表格，我叫一家熟的印刷廠開個夜班，明天早上就趕出來。」

準備工作就這樣分配好了。嚴以正要去跑新聞，先走，第二個輪到黎牧，為了晚上去酒家的事，他仍耿耿於心，想到片廠去晃一下，看看能不能找到甚麼更好的理由，免致小乖乖生疑。他走了之後，麥高又跟著站了起來。

「你也要走？」經理問道。

「這裏又沒有甚麼事嘛！」編劇先生懶洋洋地回答。

「沒事也不能走呀！要不然讓我堂堂一個大經理在看辦公室，還像話嗎？」

「我看乾脆到傭工介紹所去找個工友來陪陪你吧，說老實話，要是我坐得住辦公室呀，今天也不會混成這個樣子了。」

「……」錢通想了想，轉換了一種較為和緩的語調：「那麼你要到那裏去呢？」

「只是到街上去溜溜，找找靈感！」

「那一類的靈感？」

「大膽姑娘的故事呀！」

「嘿——」胖子嚷起來：「這種靈感，今天晚上到酒家去你還怕沒有呀！」

八

那天晚上，賴「顧問」按照規矩，帶他們跑了四家酒家，結果一個個喝得昏天黑地，盡興而歸。

第二天早上，他們到公司的時候都很遲。錢通和嚴以正上樓走進辦公室，發覺白爾薇手上拿著一份報紙，端端正正的坐在當中的大辦公桌前。

「嗨！早呀！」她舉著手，喊道。

錢通用手摸摸發痛的前額。

「早，」他咕嚕道：「妳沒去上班？」

「上班？你們以為現在幾點鐘了？我下了班才來的。」

「兩位大編導呢？」他問。

「白臉書生我來的時候，他就走了，」她回答：「另外那一位據說沒有來。」

錢通想，黎牧這傢伙一定慘了。

「那位麥先生是不是很怕羞？」白爾薇忽然問。

「怎麼，妳吃他豆腐了是不是？」錢通說：「他是出名的……」

「要死了！」她嗔聲打斷了他的話：「我來了，話還沒說兩句，他就走了——今天的報紙你們看了沒有？」

「剛爬起來嘛——怎麼樣？」

「這家登了，我帶了一份來，」她把報紙遞給他們，「別的我沒看！」

「大概都會登出來的。」記者急忙接過報紙，一邊看一邊說：「老王真夠意思，標題登得那麼大！」

他們把消息看過之後，錢經理得意地笑了。

「你們看好了，最遲不會超過明天，應徵的信就要——雪片飛來了！」

「別開心得那麼快，」白爾薇冷冷地說：「有沒有人來還不一定呢！」

錢通本來想埋怨兩句的，但辦公室的門開了，有一個油亮的頭探進來。

「你找誰呀？」他問。

那個男人走進來了。他穿著一套顏色鮮得刺眼的西裝，領子大大的，剪裁得又不合身；而最糟的，卻是他那一頭長得像個女人的頭髮，顯然還用火鉗夾子燙過。他看見他們在望著他，於是小小心心的向前挪動半步。

「這裏是五傑電影公司嗎？」他低聲問。

「是的，」錢通以為他是印刷廠送貨的人，於是站起來，大模大樣的說：「東西帶來了吧？」

「東西？」那個人楞了一下，然後手忙腳亂地伸手到內衣袋裏去掏，把一張半大不小的紙拿出來。

「沒有好的，只有這一張。」他謙遜地點著頭，雙手把那張紙遞過去。

現在，輪到錢通感到困惑了。他望了望那張紙，然後接過來。原來那是一張四寸的「藝術」照，著色的，嘴唇和雙頰染著一片土紅。

「這是甚麼？」經理先生忍不住問。

「你們今天不是登報要招考明星嗎？」他吶吶地回答。

「哦，是的，是的。」錢通點著頭，不得不重新仔細的打量這個人，因為他剛才還以為他是個男人。可是，他又糊塗了，這個「女人」卻長著鬍子。不過，那也並不是鬍子，而且女人長鬍子的新聞他時常在報上讀過。由於報上的消息是招女演員，所以他大著膽子問：

「小姐妳貴姓？」

「小姐？」應徵者吃驚地叫起來，錢通這時才發覺他的喉骨在上上下下的動著。

「我的男人呀！」

「哦，是的，是的！」經理先生連忙掏出一塊手帕來揩汗，支吾了一下才說：「不過，您大概沒注意到我們登的條件，我們只徵求女性的！」

「但是你們沒有註明呀！喏，你們自己看！」那個人悻悻地將一張剪報遞給他們。

果然，那上面並沒有註明徵求的是女性，而且，白爾薇還發覺一個大錯誤。

「噢，糟了！」白爾薇忽然叫起來：「登錯了！」

那份剪報是由另外一家報紙上剪下來的，他們（嚴以正也走過來了）從頭讀了一遍，但並沒有發現甚麼錯誤。

「沒有甚麼不對呀？」經理困惑地抬頭望著她。

「你們還沒看出來——喏，這是甚麼！」

他們順著她的手指所指示的地方，發現那個錯誤了。年齡限制那一條上，十八至二十五，變成十八至五十二。二字和五字竟顛倒過來了。

「我的媽！五十二，除非都是瑪琳黛德莉了！」嚴以正習慣用手指推推眼鏡，似笑非笑地說。

「那個校對真該打屁股！」錢通詛咒起來。

「打屁股？」記者接住他的話：「我還想革他的職呢——這是從那張報上剪下來的？」應徵者並沒有回答他的話，他有意味地問道：

「反正不是我印的，怎麼說？」

眼看情勢逆轉，經理先生連忙堆起笑臉，開始解釋起來。為了掩飾這個錯誤，當他結束他的話時，他認真地說：

「雖然我們主要的是找個女主角，但是當我們發現好的夠條件的人材時，我們也會錄用的，像閣下這樣……」

這位曾被誤認為女人的長髮先生的臉色也跟著變了，雖然有點不自然，但卻有點沾沾自喜。

他畏怯地從胖子的眼睛中逃開，又忍不住偷窺著對方，希望他能快點把話說下去。

胖子遲疑了一下，說：

「……我們就覺得很不錯，您的型是很特殊的，很有性格……」

那傢伙以為他所指的是他的頭髮，於是用手掠了一下，這個動作就像有些人在打架之前先抹抹袖子一樣。

「我的頭髮剛剛理過，」他說：「以前比這個更長，不過很快就要長起來的。」

「不，很夠了，演泰山的也不過是這樣長！」

「以前我也練過身體，伏地挺身我可以來四五十下。你別看我瘦，你摸摸看！」

錢通無可奈何地摸摸他臂上那塊小肌肉。

「不錯，你一定很喜歡運動了？」

「嗯，」那傢伙的神情更加活潑了，「除了打球、游泳、田徑這些玩意兒之外，我差不多都很喜歡！」

「那麼你最喜歡那一種運動呢？」他不解地問。

經理先生獨自（記者和會計小姐已經回到他們原來的地方去了）想了好一陣，才把他這句話想通。

「柔軟體操！」

「哦，柔軟體操！」

「我每天都要練十分鐘的，先是頭部運動——這樣……」

錢通連忙伸手阻止他。

「這樣吧，」他說：「請你先留下一個姓名地址，正式考試的時候我們會通知你的！」

「我也要參加考試嗎？」

「當然，」錢通回答：「來報名的人都要考的，這樣才比較公正。」

「要考些甚麼呢？」

託，走了。

「這……這我們事先不能宣佈的！」

應徵者滿意了，於是他向錢通借了支鋼筆，躬著腰，在辦公桌上寫下名字地址，然後再三的鞠躬拜

錢通舒了一口氣，把那張紙條拿起來。

「葉火龜，」他唸道：「藝名白影——名字帥吧？」

「你胃口真好，」白爾薇說：「還跟他聊這麼久！」

「這就是做生意人應有的態度，」他回答：「天下無不是之顧客，顧客永遠是對的！」

「別對呀錯呀的啦！」記者嚷起來：「等一下那些四五十歲的老太婆來了看你怎麼辦？」

「那怎麼辦，那是你闖的禍嘛——可能是你當時在稿紙上寫錯的呢！」

嚴以正本來想分辯兩句，但他知道他絕對說不過錢通的，事實擺在眼前，他只好把那口氣忍下來。

「我再發一次好了！」他說，然後看看錶，「我要走了，下午有甚麼事嗎？」

「事倒沒有，不過晚報上……」

「發稿的時間過了，明天一起來吧！」

記者走了之後，錢通要想和白爾薇到黎牧家去一趟，但下了樓，又覺得不妙；肚子也餓了，便一起到附近的廣東舘去吃一盤炒飯。飯後白爾薇去上班，他便到中華路印刷廠去看看趕印的東西是不是已經印好了。等到他將那幾捆信封信紙和登記表格帶回公司時，黎牧已經來了。他正在和麥高分頭拆閱一大堆應徵信。

「錢胖，快點來幫忙！」導演喊道。

他連忙過去把東西放好，一邊興奮地說：

「看樣子咱們這個計劃成了！」

「慢點開心，」麥高冷冷地說：「你先看看這些妙文——喏，先看這一封！」

在那堆應徵信中，幾乎沒有一個是較為合乎理想的。有些甚至連小學都沒有畢業，有些卻附有長達數千言的長信，千奇百怪，包羅萬象。

「怎麼辦？」黎牧擺擺手，向錢通說。

「甚麼怎麼辦？」胖子反問。

「沒有理想的！」

「你急甚麼，這才是開始呀！」

「那麼這些信……」

「這就是我的法寶，」錢通神秘地笑著，同時把那些信收到自己的桌子上，「這工作讓我自己來！我親自給她們發通知？」

「發通知？」

「及格了當然要發通知！」

「你說那一個及格了？」導演終於沉不住氣了。

「都及格，完全及格，只要來報名就算及格，」經理用一種怪聲答道：「你們不贊成？」

「我們當然不贊成！」黎牧和麥高同時叫起來。

「那麼你們希不希望我們這件事情成功呢？」錢通仍然笑著問。

「廢話！希望失敗我們還忙個甚麼勁兒！」

「好，既然你們也希望成功，那麼你們就非要贊成不可！」胖子刁頑地說：「咱們現在走的是邪門，用正當的眼光去看就不對了！總而言之，你們只要信任我，我擔保這件事情做得圓圓滿滿，漂漂亮亮，非但要撈回我們這筆開辦費，而且還要找到我們正要找的人。」

一方面是由於錢通有充分的自信，另一方面是從開辦開始他們就沒有拿出過半塊錢，所以黎牧和麥高不再干預經理先生的「內政」，只專心於自己分內應做的工作。

根據錢通的意思，黎牧花了兩天的時間，準備了五十條筆試的問答題：題目由「夏天的太陽幾點鐘出來？」至「你喜歡吃甜的還是喜歡吃鹹的？」；至於「晚上你作夢嗎？」和「洗澡的時候你想甚麼？」這一類的問題也包括在內，總之，他是挖空心思想出來的，愈怪愈妙。另外，還列出二十條口試的問題，當然也是奇奇怪怪的。

麥高呢，他翻了幾夜的黃色傳奇小說，拼湊成一個情節動人而包含有錢經理所需要的全部條件的故事，而且已經將大綱寫下來了，只要大家研究通過，便馬上著手寫分場對白劇本。

這幾天裏，由於嚴以正的大力吹噓，應徵的信愈來愈多。錢通每封信回一張印製精美的登記表，同時還附上一封通知，說應徵者已初選及格，請即郵寄報名費拾元（郵票代用），即發出准考證。而那些應徵者似乎每個人都是急性子，因為臺灣的郵政辦得不錯，所以上午發出的通知，下午便收到附有拾塊錢鈔票的回信了。錢通忙得不亦樂乎，時常連飯都忘了吃。

一個星期下來，辦妥應考手續的一共有五百多人，也就是說他們已經收入報名費五千多塊錢了。為了省掉筆試場地的麻煩和開支，錢經理索性將筆試的試卷（印成一本小冊子）分寄出去，讓應考者自由填寫，然後到面試時再帶來繳存。至於面試日期，則定在下個星期一；按照登記號碼順序，每日考一百人，六日全部考畢，然後再在下下個星期一宣佈錄取名單。

九

星期一到了。

能幹而詭計多端的錢經理事先將辦公室內佈置成一個考場：辦公桌圍成一圈，外面，「顧問」替他在酒家拖來一批椅子，讓應考者作休息之用。同時他還在以前幹過的那家工業原料行請了一個工友來幫忙唱號，叫一個進去一個。

從早上九點鐘開始，他們「五傑」和賴老闆便端端正正的坐定如儀。「顧問」有生以來從來沒有做過主考官，因此特地把那套難得穿一次的西服也穿了起來。

那個叫做老郭的工友是王老五，平日在工業原料行的生活非常刻板，雖然有時也和朋友到那些茶室裏去坐坐，但有生以來就沒有像今天這樣接觸那麼多女人。他後悔沒有把那套從桂林路估衣攤買來的救濟物資西裝穿起來。

九點十分，應考者擠滿了一屋，因為是「全部初選及格」，所以上至摩登小姐，下至摩登下女，各色人等，一應俱全。

錢通臨時用白紙寫了一張「肅靜」牌，叫老郭在門邊顯著的地方貼起來，然後，叫他依次喊號。

為了表示自己的分量，老郭一本正經的向那些小姐們解釋面試的程序，然後再拉起破嗓子喊道：

「第一號！」

沒有人回答，也沒有人動。於是，她們互相望望，隔了一陣，老郭只好探頭進辦公室來請示。

「經理，」原來在原料行他喊錢通為老錢的，但現在改了口：「第一號沒有來！」

「喊下去好了！」錢通回答，然後他向左右兩邊的「考官」們說：「不來的我們註明一下好了。」

為了看起來覺得慎重，錢通事先準備好一份登記卡，每人一張，分數就打在上面。所以，他們每個人的桌上都放著一大疊卡片。

「第二號！」老郭又喊起來了。

第二號來了。當第一號沒人答應的時候，她已經開始緊張了。看樣子她可能是個基督徒，聽見喊到自己，她連忙舉了舉手，閉目作兩三秒鐘的祈禱，然後渾身不自然地站起來——因為大家都在望著她，甚至有些人已經替她打起分數來了。

她走進辦公室，發現裏面的陣勢頗為莊嚴，心裏先是一寒，信心已經減掉一半；等到他發現這六位主考官之中竟然有一位是女性時，他連最後的一點勇氣都失去了。

她站在當中發呆，他們端詳了她一陣，錢通開始說：

「妳把筆試的表格填好了沒有？」

她本來已經請了好幾位顧問研究過那些問題的，同時填寫的時候還特地請了一位鋼筆字寫得比較好的朋友幫忙，現在那本小冊子就在皮包裏。可是，她卻吶吶地說：

「我……我還沒有填，」她瞟了白爾薇一眼，「我……我現在不……不是來考——我想拿回我的照片！」

「為甚麼呢？」經理奇怪地問。

「……」她困難地回答：「沒甚麼，我就是不想考！」

錢通發覺她的意態相當堅決，只好將她填寄來的那份表格還給她。她接過來，話也不說，便匆匆地扭頭走了。

「是甚麼毛病呀！」經理望望身邊的人。

「大概是怯場吧。」導演回答。

老郭又探頭進來，胖子向他打個手勢，他跟著叫起來：「第三號！」

第三號沒來，第四號是一個瘦長而有點神經質的女孩子，嘴唇薄薄的，看樣子就知道她喜歡說話。

結果，不是他們考她，而是她出題目去考他們。

「我第四個報名，」她用快速的聲音喋喋地說：「其實我應該是第一個的，我每天都一大早就起來，這是我的習慣，不起來就不舒服；所以，我第一個看報紙。一看見這個消息，我馬上就寫信來報名了——不騙你們，我身分證夾子上正好有郵票，郵筒就在我們家的門口，她們那裏有我快？」她用懷疑的目光盯著錢通和賴老闆，因為他們兩個人最胖，而且是坐在當中。「——前三號是不是寄限時專送？」

「大概是的。」錢通無可奈何地應道：「不過……」

但，她馬上又打斷了他的話。

「我也是寄限時專送呀！」她忿忿地叫起來：「一定是那個郵差搗的鬼，要不然就是你們……」她很快的又轉換了語氣：「既然第一和第三不來，那麼我應該算是第二了，先來的是不是有優先權，優先錄取？」

「那要看考的成績了！」

她連忙指指她的那本筆試考卷，舉手發誓沒有請過「鎗手」幫忙。

「不信你們可以對對我的筆跡，」她認真地說：「我讀書的時候，每個學期都是考第一的，演講比賽都有我的份，而且我的大膽是出名的；我不怕鬼，人家不敢進男人廁所，我就敢進；我還敢用手捉蛤蟆——你們看我可以演嗎？」

「當然可以，」麥高實在忍不住了，他生平最討厭的就是說話嘮叨的女人，他搶著說：「我覺得，要是讓妳演一個長舌婦之類的角色，那真是太理想了！」

「不，你看錯了！」她連忙分辯：「最好是讓我演一個不大愛說話，個性沉靜的——認識我的人都說，我不說話的時候最可愛！」

「一點不錯！一點不錯！」黎牧嚷道：「妳最好是不要說話——現在妳可以出去了！」

「這樣就算考了嗎？」她不快活地說：「你們還沒有問我的三圍多大？」

「一看就有數了，我是幹裁縫的！」

「怪不得你的臉色這樣白，」她認真的望著麥高，「我認識好幾個裁縫，他們都是臉白白的，要多運動運動，出來見見太陽呀——你看看我這件衣服的毛病在那裏？」

「上下都是毛病，沒有一處不是毛病，」編劇先生說：「現在不方便，晚上有空的話，妳拿到我的店裏來吧！」

「那好極了，我還可以跟你介紹一點生意——你們店在那裏？」

「中山北路五段四號。」他大聲叫道：「第五號！」

老郭跟著喊第五號，她不得不走了。不過，她又回轉身向這兩位胖子問：

「你們那一位是經理？」

「經理是他，」賴老闆回答：「我『樹』顧問！」

「經理，你們為甚麼連裁縫師傅都請來做評判呀？」她神秘地低聲問。

「哦，那是專門看身材的！」胖子用同樣的語氣回答。

第五號進來了。

她身材的線條分明，穿著一件緊得不能再緊的紅色綉金線的祺袍，以致三圍之外又多出一圍——肚圍！看樣子，她至少也在三十出頭了，但動作姿態卻裝得像個見了男人會臉紅的小姑娘一樣。一進門，她先向走出去的第四號瞄了一眼，聳聳肩膀，表示「不怎麼樣」，然以跳恰恰舞的步子「跳」到前面來。

「我可以坐下來嗎？」她用天真得有點過了分的聲音向「主考官」們問。因為考場的當中，本來就擺有一張椅子，是準備讓應考者坐的。

「當然，」錢通連忙回答：「請坐！請坐！」

她坐下來一半，又放棄了坐下來的念頭。大概是由於衣服太緊的關係，他們可以看見她深深的吸了一口氣，臉上隨即裝出一個假笑。

「我還是站著吧！」她解釋道：「站著你們可以看清楚我的身材——你們看我的身材夠標準嗎？」

「夠！夠！」因為她的目光是對著錢通的，所以錢通只好點點頭。

「三十六，二十二，三十六，」她唸道：「假如我的腿再長一寸的話，我麼就和大前年的世界小姐的尺寸一模一樣了！」

「妳記得真清楚！」麥高冷冷地說。

她回頭去望著編劇先生。

「我當然記得清楚啦！」她尖聲道：「報上登出長堤世界小姐選舉揭曉那一天，正巧是我十七歲的生日——那個時候我就在想，要是我長大了，三圍的尺寸要是和她一樣就好了……」

「妳說，妳那一年幾歲？」

「十七。我是民國三十一年出生的——我忘了帶身分證，要不然……」

「哦，十七！」錢通翻翻眼睛，用心的算了一下。雖然只是加法——十七加三十一，可是他算了好久才算出來。他再打量了她一陣，覺得有點不對，於是又連忙檢查那份登記表。

坐在他右還的黎導演湊過頭來低聲問：

「甚麼事？」

經理不回答，但終於讓他在登記表上找到了「毛病」。他用手指示著，同時將登記表挪過去一點，讓麥高也看看清楚。

「心咪代基（甚麼事情）？」顧問先生的臺灣話脫口而出，也想知道個究竟。

錢通向他使個眼色，然後清清喉嚨。

「哦，李小姐還唸過音樂院？」他有意味地說。

「是，西南音樂院！」她得意地點點頭，為了要證實自己的話，她上前一步，「你們要不要聽我唱一支藝術歌曲？」

「不用了！」錢通馬上舉起手，繼續問：「那麼妳是剛逃出匪區了？」

「不！我是三十八年來臺灣的，坐中興輪來的！」

「好！天才兒童！」麥高又忍不住喝起彩來。

「天才兒童？」她莫明其妙地重複這句話，然後有點不順嘴地說：「我……我小的時候，老師都說我很有天才的！」

「當然當然，」編劇先生接住她的話：「十歲的孩子唸音樂院，當然是天才！」

她驟然慌亂起來了。但，她的世故仍使她保持著原來的風度，像進來的時候一樣，自嘲地聳聳肩膀。

「沒有甚麼了吧？」她平靜地問。

「好了，妳回去等消息吧！」

她大大方方的擺了擺手，走了。

錢通回過頭來對麥高說：

「當了面，你還是放人家一馬吧！」

「為甚麼？」麥高不以為然地喊道：「你不點她呀，明年她就只有十九歲了！」

「女人歲數的算法本來就是這樣的嘛！」

「錢胖，你少挖苦我們女人，」白爾薇叫起來：「我也是這樣算的呀？」

老郭跟著又喊下去了。

這次進來的是一個真正的肉彈，上上下下，圓作一團。進來之後，她先學外國片的時裝模特兒擺了個架式：一腳在前，一腳在後，一手平伸，一手叉腰；當嘴角掀動一下（意思就是要笑笑）之後，隨即把前面的腳收回，兩手一轉，身一斜，馬上又變換了另一種姿勢。不過，這個姿勢她沒笑，她把頭微仰，眼睛向上翻翻，作不屑一顧的高貴狀。然後，又回復原來的姿勢，轉了一個圈，再向當中的椅子一扭一擺的走過來。

這種表演，前後用去了兩分鐘，當錢經理鬆下一口氣，正要問話時，這位「肉彈」小姐已經開始脫下她的上衣了。

她把脫下的上衣搭在椅背上，然後用一種熟練的動作反過手去拉開衣服的拉鍊；在這段過程中，她半瞇著眼，誰也沒看，就像是回到自己房間裏換衣服時一樣的自然。十五秒鐘不到，衣服又脫下來了，現在只剩下一件薄薄的粉紅色襯裙，但她又開始解肩帶上的鈕扣了……

這六位「主考官」瞠目結舌，給她搞糊塗了。最後總算是錢通見過點世面，站了起來，結結巴巴地問：

「小……小姐！妳，妳——妳在幹甚麼呀？」

「肉彈」頓住了，她不解地瞪著他們六個人。

「你們不是在招考大膽姑娘的主角嗎？」她問。

「是……是的，我……我們在招考……」

「難道我是不夠大膽？」

「夠之至，夠之至！」錢通摸著椅子坐下來，狼狽地笑著說：「不過，我們招的……」

她顯然並沒有理會他的話。

「難道我的身材不夠性感？」她繼續問：「胸圍四十，比瑪麗蓮夢露大三吋，臀圍四十，上下相稱……」

「那麼中腰呢？」麥高又忍不住了。但他還忠算厚，沒說腰圍。

「腰圍三十四，」她的聲音低了下來：「不過，只要節食幾天，便會小下去的。其實，也沒甚麼關係，演玫瑰夢的那個義大利婆娘，和我一樣，還不是照拿奧斯卡金像獎！」

照說，這位「肉彈」的理由不能說不充分，可是今天的電影還是明星制，年輕第一，漂亮至上，連演叫化子也得化個裝，粘上假睫毛。

「主考官」們互相望了一眼，由黎牧來解圍。

「妳的話一點也不錯！」他說：「我們正要朝這條路線走──喏，這位就是編劇先生。」他指指身旁的麥高：「劇本是由他寫的，將來我們一定根據妳的體型……。」

「將來是多久呀？」她急急地把話插進來。

「就是下一部戲！」

「那麼這部大膽姑娘……。」

「這部我們改變作風，」導演扯下去：「不走以前的老路——現在呀，歐洲已經在流行沒有胸部的性感了！」

「沒有胸部怎麼性感得起來！」她不以為為然地開始穿她脫下來的衣服。

「所以才叫做新路線呀——不過妳放心，這只是大家一時好奇而已！像布袋裝呼拉圈一樣，熱一陣就完了，是不是！」

「肉彈」對他們的答覆滿意了，最後還問了一些話，才走出考場。

這邊，白爾薇站起來了，她蒙著嘴，臉色蒼白。

「妳怎麼？」錢通關切地問。

「我反胃，」她說：「我想去吐！」

「要不要我照顧妳？」

「不用不用！」她擺擺手，「我看你們繼續考吧，我受不了！反正我在也只不過是擺個樣子！」

錢通也感覺到白爾薇在場反而諸多不便，於是只好讓她走。

「顧問，您覺得悶吧？」她走後，胖子回過頭來問身邊的房東老闆。

「不，不悶，」賴老闆笑著回答：「我覺得很好，這比看電影有意思多啦！」

於是，他們繼續依次考下去。

但，直至中午，才考了三十個人。當他們在中華路邊一家小食堂吃中飯的時候，他們認真的檢討了一下，覺得道種「考」的方式太傷精神，而且不科學。研究結果，終於改變策略，決定多看少問。盡量節省時間。

「不過，」麥高說：「看情形，找那個理想的人相當困難！今早上這三十位……。」

「急甚麼，這才是十幾分之一吶！」錢通連忙打氣：「而且，有一部份報名的時候沒有附照片的，也許裏面發現奇蹟也說不定！」

「好吧，我們就等奇蹟吧！」

十

但，「奇蹟」始終沒有來。

由於熟能生巧，他們只花了四天工夫，就把五百多人考完了。當第二天「多看少問」這種方式仍然沒有顯著效果的時候，錢通又想出新的主意：那就是故意出難題，使應考者知難而退。最初，他要她們學狗叫，裝醉鬼，唸急口令等等，最後，素性將一隻白老鼠放在紙盒裏，誰敢摸一下，才算有資格進入第二關！

當然，在這些應徵者之中，也包括有真純而美麗的學生，大家閨秀和職業婦女，可是，也許是由於真純的緣故吧，他們總覺得她們缺乏一種——就說是一種含有墮落傾向的氣質吧！而另外的呢，這種氣質又太過分，太徹底，又覺得毫無「靈」氣了。

總而言之，他們找不到理想中那個既美麗而又有風塵味兒的女孩子。

當最後一位「小姑娘」被那隻已經被弄得半死的白老鼠嚇跑之後，穿著一套大領子老式西裝的老郭已經站在門口了。

「叫下去吧！」錢經理有氣無力咐道。

「完啦！」老郭回答。

「哦，都完了嗎？」

「反正是沒有人就是了。」

錢通望望旁邊的黎牧和麥高（白爾薇從第一天下午開始就沒來了，嚴以正出去跑新聞，賴老闆這天因事缺席），大家都感到有點絕望。

「怎麼辦？」胖子問。

「怎麼辦，」麥高淡淡地回答：「把寫字間退掉，把報名費還給白小姐，不就完了！

黎牧對編劇先生的悲觀論調不十分同意，但也想不出理由反對。

「我們再招一次嗎？」他低聲問錢通。

顯然，這件事連足智多謀的錢經理也沒有主意了。

「再招也不是辦法！」他想了想，說。

「那麼我們就在這裏面選一個吧！」導演提議，他認為只有這個辦法了，「那個姓朱的小妞兒不是蠻不錯的嗎？」

「錯是不錯，就是太正派了點——演聖女還差不多！」製片人搔著下巴說。這就是他對一件事情感到困惱時的習慣動作。

「那麼早上那個頭髮長長的呢？」黎牧問對這件事已失去興趣的麥高：「她姓甚麼，你還記得嗎？」

「頭髮長的有好幾個吶！」

「就是那個眼睛黃黃的，你不是問你的母親是那一國人的嗎？」

「哦，姓胡，胡丹！」

「胡丹？不行不行！」錢通又嚷起來了：「她風塵味是夠了，不過只像個鹹水妹，沒有吸引力！」

老郭站在一邊。當他們談論時，他一直想插嘴，現在，總算是讓麥高看見了。他推推胖子。

「老郭是不是要回去？」他說。

「不是，我的假是請一個禮拜呢！」打扮得像個小店老闆的工友笑著解釋：「我倒想替你們介紹一個人！」

「你？」他們同時喊起來。

「嗯，」他認真地回答：「她真，至少比這幾天來考的都好，她叫做……」

辦公室的玻璃門忽然響起來。

「是甚麼人」錢通向老郭問。

老郭回過頭，門又響了幾下，於是他走出去。他在外面和敲門的人低聲說了兩句話，便連忙回到辦公室裏來。

「是誰？」

他回頭望望門，然後神秘地湊過頭去低聲向經理說：

「是個女的，漂亮得不得了！」

「是不是來應考的？」

「我……我忘了問她——大概是的。」

「那麼快點請進來吧！」錢通有點緊張起來。

老郭又進來了，他用手扳著玻璃門，恭恭敬敬的微欠著腰，讓這位遲來的應徵者進來。

她的確是一個漂亮的——應該說是非常漂亮的女孩子，不會超過二十歲，長長的黑髮，像某些性感的女明星一樣，有一半披在左頰上；她半瞇著眼，嘴角微微的向上彎著，有一分傲慢，有一分慵懶，有一分說不出的風韻。

看見他們怔著不響，她向前跨上一步。他們這時才意識到她那誘人的身段。她相當高，而身上那件淺紫蘿蘭色的衣服使她的腿顯得特別長。

他們依然說不出話。

她揚揚眉毛，故意用手拉拉那條本來就是透明的紗肩，遮掩著半坦的前胸。

「怎麼回事兒呀？」她有意味地說。

錢通嚥下一口吐沫，好一會才說出話。

「請……請坐！」他吶吶地說。

她向兩邊望望，才發現只有當中一張椅子。

「就坐這兒？」她指指椅子。

經理先生幾乎要把自己的位子讓出來，雖然那把椅子距離他們坐的地只有兩步遠；但他覺得很難看清楚對方的臉。看見對方坐下，他只好也坐下來。

「小姐，您……您是……」他困難地說。

「你們不是招考演員嗎？」她笑著問，把左腿搭在右腿上，這個姿勢使她添增了一分媚態。

「是……是的！」錢通回答：「您報過名嗎？」

「沒有——你們是不是已經招考過了？」

「不！正……正在招考——您貴姓？」

她笑起了。

「我的姓很重要嗎？」她用夾有鼻音的聲調說：「像我們這種在風塵中打滾的女人，姓甚麼都是一樣——前幾年我姓過李，後來姓過張，現在，」她頓了一下，一邊打開皮包拿香烟，一邊平淡地說：「現在我姓何。你們知道我為甚麼要取這個何字？」

他們搭不上腔。但麥高卻在注意她的動作。她取香烟，拿出打火機將烟點了，然後吐一口烟，輕輕的咳了幾下。

「這兩天熬夜，」她又把香烟丟掉了，「嗓子難過死了——那個何字呀，拆開，再嵌兩個字。」

「人可，人……」

「算了，我是開玩笑的！」她認真地問：「不過，我可要先聲明，我結過好幾次婚，不要緊吧？」

「那……那當然不要緊，」錢通接住她的話：不過，我……我們真看不出——您今年多大了？」

「你一點都不會交際，」她批評道：「怎麼可以問女人多大！就是問，也應該加個甚麼芳齡多少啦，或者說妳今年還不到二十吧，這樣才對呀！」

「那麼，」胖子尷尬地笑了，「您今年不到二十吧？」

她又笑起來了，這次，她笑了好一會才止住。

「這是秘密，」她說：「你們隨便說好了，你們看我像多大，我就多大。」

「不是這個意思，」黎牧這個時候才插嘴：「因為妳沒報過名，所以我們要登記的。」

她想了想，說：

「好吧，你們要登記就登記好了！」

有了「芳齡」的經驗，製片人這次很謹慎地問：

「您的芳名甚麼？」

「何……呃……」她望著天花板上的白燈罩，忽然大聲說：「何娜娜！」

「何娜娜？一定是藝名！」

她瞟了黎導演一眼，這時，她忽然接觸到編劇先生那雙深沉的眼睛。

「嗯，」她誠實地點點頭，連忙把目光移開。在這轉瞬間，她又回復了原先的意態，「我跟娜娜一樣，我剛剛出走！」

「出走？」

「別緊張！我那個死鬼也巴不得我快點出走呢！」

「……」

看見他們這副吃驚的樣子，她聳聳肩膀。

「這有甚麼奇怪？」她說：「我跟他又沒有辦過正式的結婚手續，大家膩了，就散——我做事向來是乾乾脆脆的！」

錢通總算是將何娜娜三個字寫下來了，他抬起頭。

「年齡我就替您寫二十歲。」他認真地說。

「謝謝你。」

「您的籍貫呢？」

「別您呀您的好不好——我是江蘇人。」

「哦，江蘇人，」胖子繼續填著：「府上在臺灣吧？」

「我不是跟你說過了嗎，我剛剛離開那個死鬼，現在是女光棍！」

「哦，單身在臺。好極了，這樣比較單純。」胖子又問：「那麼住址呢？」

「你們在調查戶口呀！」她不以為然地嚷起來。

「這只不過是手續，有地址以後大家才好連絡。」

她猶豫了一下。拿出香烟，但又放回手袋裏。

「這樣吧，你們先決定錄不錄取我？」她說。

三巨頭互相望望。用不著說話，憑眼色錢經理便知道通過了。

「現在我向妳宣佈，」他一個字一個字地說：「你已經考取了！」

「考取了？你們根本就沒有考呀！」

「用不著考，」導演把話接下去：「我們只要一看就有數了！」

「他就是這個戲的導演。」錢通馬上介紹：「這位是鼎鼎大名的小說家，大編劇。」

「哦！」她認真地望著麥高，他的臉紅了。

「妳一定讀過他的小說的。」

「甚麼筆名？」她向黎牧問。

「魏勒潛！」導演回答。

「我沒有看見過這名字——出過單行本嗎？」

「當然出過，蕩婦怨，不穿內衣的女人，還有一本叫做少奶奶的秘密！」

「哦，這些黃色小說我可是從來不看的，」說著，她驀然像是記起了甚麼，再把自己的話加以補充：「呃，而且，我的記憶力不大好，也許看過之後就忘了——這幾本書的名字倒是滿別緻的，呃，魏先生……」

「我……我不姓魏，」麥高有點生氣地更正道：「我叫做麥高，麥子的麥，高低的高！」

她的眉頭跟著皺起來了，但隨即又鬆弛下來。

「麥先生，」她用另一種聲調說：「黃色的東西我最多，你也許只懂得男人的，而我男人的女人的都懂，如果你有興趣，我倒願意說出來讓你來寫，現在報紙上不是也時興登些甚麼風塵女人的回憶錄這類東西的嗎！」

「那沒有問題，」經理為了要把話拉回正題，他隨口道：「妳這些資料以後用得著，我們有一套宣傳計劃的。」

何娜娜小姐再望了有點無地自容的編劇先生一眼，才把臉回過來。

「錄取了，還有些甚麼手續呢？」她問。

「我們正要跟妳談這個問題。」

「那麼就談吧。」

錢通看了看錶，他是最懂得利用機會的。他覺得，「奇蹟」既然出現了，他們得好好的抓住。同時，這種三堂會審的局面有點太不夠親切。於是他提議道：

「這樣好了，現在已經到吃飯的時候了，我們就一起去吃個便飯，一邊吃一邊談！」

她像是有點不大贊同，但她問：

「你們想到那裏去吃？」

「就在這兒附近好了，」經理說：「廣東館、湖南館、四川菜、假如你要吃家鄉菜，中華路哪邊有一家。」

「啊不！」她截住他的話，急急地說：「西門町人太多，我怕碰到我那個死鬼。」她掩飾地笑笑，「──我不是怕他，就是看見了會倒胃口。」

「那麼你說吧！」

她想不出，她平常幾乎難得到外面來吃一次飯的，但，她依然做作地想了想。

「我想不出，你們看那裏比較僻靜一點的就好了。」

「好，我帶你們到一個地方，平常沒有人去，但是東西好。」

錢通走出來，為了某種關係，他塞給滿臉失望的老郭二十塊錢，將他打發走。然後領先走出辦公室。出了辦公室，何娜娜小姐順手提起原來放在門外邊的小旅行箱，錢經理開始相信她是剛剛出走的。

「妳只有這一點行李？」他笑著問。

「行李？」她怔了一下，含糊地回答：「哦，不……不只，我才下車，行李還放在車站呢！」

錢通馬上聯想到她住的問題。他想：她可以和白爾薇住在一起的，那張單人床雖然小了一點，但他相信一定擠得下，而且白爾薇也一定不會不歡迎。不過，馬上又有一個念頭阻止他：如她所說，她剛剛出走，離開她那個死鬼，雖然她說過他和「死鬼」之間只是同居關係，並不拖泥帶水。可是，女人的話和事實多少有點出入，萬一她真的有甚麼問題的話，豈不是自找麻煩？

打定了主意，他伸手去替她接過小旅行箱。

感覺到錢通對這隻輕輕的旅行箱的反應，這位現在叫做何娜娜的小姐連忙解釋道：「裏面沒有甚麼東西——都……都是女人用的！」

胖仔笑笑，表示並不介意箱子裏裝的是甚麼東西。

「看樣子，妳今天晚上要住旅館了！」他試探地問。

「……」她急急地回答：「不，我一個人不敢住旅館，我……我從來沒有住過旅館呢！」

錢通知道問題來了，但他仍然保留「被動權」，讓對方先提出。

「那麼，妳就要找一個人陪妳啦。」

「不要緊，」她說：「我可以住到我表姊家，表姊夫雖然有點討厭，不過我會盡量提防的——這次我敢擔保絕對出不了事！」

「但願如此吧！」錢通在心裏說。

因為經理先生所說的小舘子在北門口，而何小姐的高跟鞋的跟太高了一點，所以他們叫了兩部三輪車，錢通和何小姐坐一部，黎牧和麥高坐一部。

車子轉出了成都路，麥高向黎牧問道：

「你看這位小姐怎麼樣？」

「不錯，很理想！」黎牧認真地回答：「以我的看法，她絕對紅得起來！」

「我不是指這個。」

「指甚麼——哦，那你又狗抓耗子了！人家的私生活，我們管它幹甚麼！我們只要她的外型好。會演戲。」

「你認為她會演戲？」

「這我還不敢說，不過，正是我們要找的那一型呀！」黎牧回過頭，「——你在想甚麼？」

「她的身世。」

「你急甚麼，她不是說要告訴你，讓你寫小說的嗎？」

「倒不是這個問題，我只覺得她有點奇怪；說像，不像；說不像，又像！」

「像甚麼！」

「你說的那種味兒嘛！」

「哦，味兒！」導演笑起來，「你到底是寫小說的，不過我告訴你，這次你千萬別糟蹋題材，要寫，就要寫實！千萬別來傳奇的。」

編劇笑笑，不再說下去。但是很明顯的，他仍然在思索著這個使他困惑的問題。

這頓飯吃了很長的時間。錢通一直在說話。當他的話需要加以解釋時，黎牧便插嘴進去；可是麥高則始於緘默著。這種緘默，似乎對於何娜娜是一種威脅，她有好幾次有意無意地睨望著他，但當她接觸到他的凝視時，她又躲避開了。

那是一家四川小館子，儘管經理先生特意多叫了兩個菜，算賬的時候只不過七十多塊錢。錢通付了賬，走出來對站在隔壁一家賣熱帶魚和鳥類的店門前的何娜娜說。

「很簡慢呀！」

「那裏話，你們太客氣了！」她回答。

她在這一剎那間的意態，麥高似乎驟然發現了點甚麼，但隨即又失去了。他低頭望望腳上那雙至少有半個月沒擦過的黑皮鞋，心裏有點懊惱。

總之，他總覺得這位何小姐有點不對，可是他又不能確切的指出來。

何娜娜被一隻綠鸚鵡吸引住了，她用手指去逗牠，它幾乎琢痛了她的手。

「妳喜歡這些小動物嗎？」

「嗯，」她真純地笑著回答：「我家裏以前也養過一隻，後來給小咪咬死了！」

「小咪是誰？」

黎牧幾乎以為她所指的是李麗華，但她說那是一隻小花貓。

「我最疼小咪了，我們連睡覺都在一起的！」

「妳這次沒有帶牠一起出走嗎？」

「噢！」她摸摸自己的嘴，說：「沒有！我走的時候沒有找到牠！」

錢通為了要減輕她的悲傷，他提議道：

「我們還是回公司去坐坐吧。」

「不了，我……我還有點兒事。」她連忙說。

「可是關於合同上的事……」

「不要緊，明天我會再到公司來的。」說著，她向前面的三輪車班招手，「喂，車！」

「好吧，」錢通微微有點焦急，「不過，我想妳最好能夠留下一個地址，萬一有甚麼事的話——哦，這樣吧，妳既然只有一個人，就住到我們公司的一位女同事那裏好了，她也是單身的。」

「謝謝你，不用了，」她很快地說：「我有地方住，我姑媽家有好幾張空床呢！」

「妳不是說要住在表姊家的嗎？」黎牧忍不住問。

「哦，表姊家——是的，表姊那裏也可以，」她故作神秘地眨眨眼睛，「不過，我看還是讓她們太平一點的好，你們不知道我那位表姊夫的脾氣！」

她沒有說完，便跳上那輛由一個有神沒氣的車伕踏過來的三輪車，

「好了——擺擺！」

十一

梅多靈在車站的女廁所裏把身上那套和她的身分年齡完全不相稱的衣服換下來，塞進小旅行箱裏，然後把臉上的濃粧卸掉。

賣草紙的那個瘦女人算是一個見多識廣的人物，當梅多靈給她一塊錢的時候，她笑著問：「妳是拍電影的吧？」

梅多靈的小學是在女師附小唸的，平常又很少和本地人接觸，因此她困惑地重複著這個女人的話。

「怕地央？甚麼叫做怕地央！」

「怕地央（拍電影）就是，呃……」她困難地比著手勢，「就是——妳就是電影明星啦！」

現在，梅多靈聽明白了，為了聯絡感情，她笑著點點頭，再買一塊錢的草紙。

「以後我時常要來這裏換衣服的。」

她回到家裏，連忙到自己的房裏去。

小咪靜靜的睡在床頭上，她激動地把箱子一扔，連跑帶跳的把自己拋到彈簧床上。

「啊，小咪。」她抱著驚醒的小貓，親著它的臉，「剛才我還向他們提起過你呢！」

小咪跑掉了，她又坐起來，打開那隻已經被她鎖上的大衣櫃。

「明天我要穿這一套！」她在那排新做的服裝裏拿出一套銀灰色的衣服，貼在身上比了比。

「我還要帶一副大耳環！」她又向自己說。忽然，她想起一幅漫畫：公共汽車上，一個女人帶著一副很大的圓耳環，被一個矮男人當車環用手拉著。

管它的，反正愈怪愈好。她想：今天她的裝扮不是已經瞞過了那家電影公司的人了嗎——她驀然又想起了那不說話的傢伙。

「他為甚麼老是盯著我看呢？」她對著衣櫃的大鏡子在床邊坐下來。她開始計劃明天要說些甚麼話，使他們相信她所揑造的事實。

其實，梅多靈並沒有揑造，今天她所說的話，她自己所假定的身世和遭遇，都是從小說上看來的；她把琥珀、飄裏面的郝思嘉、嘉麗妹妹、娜娜，以及許多許多個書中的人物揉合成一個何娜娜。

她開始覺得奇怪，今天到那家公司去的時候，為甚麼一點也不害怕？那天當她發現報上的消息，而將父親買給她的衣料完全做成「這種」服裝之後，她不是一直在怔忡不安嗎？尤其是在辦公室外面時，她甚至連敲門的勇氣都失去了。後來直至那個人從裏面探頭出來，她才知道自己曾經敲過門。

不過，一進了門，一切恐懼和紛擾都消失了。

她笑了，她覺得自己這個怪念頭並不是幻想，也不是對父親和這個冷漠的家庭的報復；她認為她是具有表演才能的。

「至少，我演何娜娜這個角色是成功了！」

這天晚上，梅董事長破例的回到家裏來吃夜飯。由於白爾薇近來的若即若離，使他感到有點煩亂。而他卻是個不甘寂寞的人。他回到家裏來，只是希望女兒的陪伴能冲淡他的孤獨感而已。

飯後這一段時間是相當無聊的，為了表示自己的關心，他隨口問女兒一些生活上的情形。

「我在打字學校報了名。」她故意說。目的只是希望替自己以後找個到外面去的藉口。

父親的心裏正在重複著秘書小姐下午在辦公室所說的話，以致顯得有點心不在焉。

「哦，那很好，」他含糊地會答：「多學一種技能也好，現在的女孩子，都想在外面找事情做！」

「白小姐不會永遠幹下去的吧！」她無意地問。

「她，她已經說不要幹了！」他回過頭去望著女兒，有點心虛，「妳為甚麼問起她，是不是……」

「如果我把打字打好了，我也可以幹她這個工作的。」

發現女兒的話裏並沒有甚麼特殊的意義，梅董事長放了心。

「噢，那太好了！」他笑笑，然後站起來。

他忽然覺得必須要去找白爾薇談談不可。雖然下班的時候她已經用一個很明顯的假理由拒絕了，但他了解她的脾氣，只要她在家，只要向她獻點小慇懃……

「我要出去一下！」他說，瞟了女兒一眼。

對於父親在不在家，梅多靈本來就不把它當作一件甚麼重要的事。因此她毫無反應。同時，她還得回自己的房間去，準備一套，明天去對付那幾個男人。

「尤其是要對付那個不說話的傢伙！」她告訴自己：「他不說話，我就要專門找他說話——琥珀有一次不是這樣嗎？她一直望到那個男人把眼睛移開，以後那個男人就不敢老是望她了！」

「您去吧。」她向父親說。

梅董事長本來想說一句勸慰的話，但始終說不出口。猶豫了一下，他終於走了。上了車，他吩咐司機開到中國之友社去，因為那兒離公寓只有幾步路，他可以走路過去找她。在車上，他又開始反反覆覆的研究白爾薇要離開公司的理由，最後，他替自己找到了一個結論。

「除非她另外有男朋友了！」

這個理由是比較接近的。要不然她為甚麼老是吞吞吐吐的，不乾乾脆脆的攤牌呢？

車子到了中國之友社前面，他走下來，故意到裏面去轉了一圈，然後再出來向右邊走去。走進公寓的大門時，他正巧碰見那個叫做阿花的下女拿著一隻碗走出來。

「白小姐在家嗎？」他攔住她問。

「在！我正要替她去買麵。」她很客氣地回答：「我現在就上去替梅先生叫她吧。」

「好的，謝謝妳。」說著，他很快的塞了十塊錢到阿花的手裏。

阿花很自然的把錢收下了，但並沒有道謝，因為正好有人從裏面出來。

「梅先生就在這裏等嗎？」

「是的，妳跟她說一聲好了。」

阿花到白爾薇房間裏去的時候，錢通還在向她和嚴以正說何娜娜的事。

「我不大相信！」記者說。這也許是他在職業上的一種習慣，不是親眼看見的總是作不得準的，現在儘管經理先生繪聲繪色地加以描述，但仍然重複著這幾句話。

「難道我騙你們？」胖子叫起來。

「我沒說你騙！」他解釋道：「不過，那位甚麼娜娜漂亮的程度絕對要打個折扣。」

「我所講的，還不及她的一半呢——別笑！我要是騙了你，出門口就給汽車壓死！」

「發誓要是真的那麼靈的話，你錢通至少也投胎兩百次了！」

錢通的臉由紅色漸漸變成青色了，他後悔為甚麼要拉這個一釘一眼的傢伙進來搞甚麼倒霉宣傳。別的搞宣傳的人，明明是臭的，也會說成搽過古龍香水；明明是一塊疤，也會說成長的是顆美人痣——而嚴以正，對他的話非但沒有半點反應，而且還挾著一種他所特有的冷酷意味。

現在，他望著記者好一陣，想說甚麼，又忍住了；最後，他索性回過頭來看白爾薇。

「那麼妳呢？」他沉鬱地問。

「我甚麼？」

「妳覺得何娜娜怎麼樣？」

白爾薇瞟了嚴以正一眼，他已經支起一條腿在用指甲夾修腳趾甲，表情相當冷漠。

「你們看中了的，當然錯不了！」她緩和地說：「不過，明天她會到公司裏來嗎？」

「會，當然會——她說她要來的！」胖子連忙回答。

記者把頭抬起來，刁難地問：

「要是她不來了呢？」

「老嚴！」白爾薇制止地喊道：「她不來錢胖就不可以到她家去找她啦！」

「到她家？」錢通誠實地接嘴道：「她沒留下地址，她怎麼說也不肯——本來我還打算要她來跟妳住在一起呢……」

錢通突然把話頓住，因為嚴以正的眼睛裏有一種奇異的光澤顯露出來，使他感到不安。

「你又在想甚麼歪心事？」他終於忍不住地回過頭來對記者說。

「我才沒有想甚麼歪心事呢！」嚴以正慢條斯理地站起來，一邊將指甲夾合攏，還給白爾薇。

「——想歪心事的呀，是你自己！」

「是我？」

「要是你以為我會替你發這個消息呀，你就錯了！」

錢通最後的一點忍耐力完全失去了。

「你怎麼是這樣的呀！」他幾乎咆哮起來。

但，嚴以正仍然毫無所動，三年前他害了一場神經衰弱症，使他懂得怎麼樣保持平靜。他笑著說：

「我們認識這麼久，難道你不曉得我就是這副德性呀？」

為了害怕這位經理先生引起別的誤會，記者表明自己從開始的時候只是一種幫忙性質，公私兩便而已，並不是因為這次招考沒有結果而洩氣。

「參加股份我說過的，」他聲明道：「我姓嚴的不賴！要是這件事情垮了，攤著我的一份我一定拿出來！」

害怕事情鬧得更嚴重，白爾薇連忙打圓場，同時說這件事還沒有絕望到這種程度，現在錢通既然已經把人找到了，至少也要見過了那位甚麼娜娜小姐再說。

就在這個時候，阿花走進來了。

「咦，麵呢？」白爾薇見她手上拿著空碗，於是問。

阿花不響，只是神秘的笑笑。

「甚麼事呀？」她問。

「下去吧！」錢通快快地說：「老頭子來了！」

白爾薇望望阿花。

「是不是？」她問。

阿花只好點頭了。她有點不大好意思地望望面色難看的錢通，然後低聲問道：「麵還要不要買？」

「不要買了，」白爾薇心裏有點煩亂，她本來想叫阿花下去向「老頭子」說她人不舒服，不要下去的，但終於又變了主意。

「妳下去叫他等我一下，」她向阿花吩咐著，然後向胖子說：「胖哥，你陪我下去一趟！」

「我陪你下去？」錢通馬上明白她的用意了，他連忙搖手道：「我勸妳別來這一套……」

記者不願意參與這件事，悶聲不響的向外走。

「你以為我要你陪我下去幹甚麼呀？」她接著問。

「這還要問，還不是讓他誤會我是妳的甚麼人！」

「誤會？要誤會早就誤會了！我們的事，他清楚得很。」她說：「我只要你在旁邊，身邊有個人，我有些話才說得出口——你不知道，今天我已經正式向他攤牌了。」

「哦……」

「不過我只攤了一半——他，他沒讓我說下去！」

錢通有點懊悔地吁了口氣。

「他當然不會答應的。」

「他說，只要我有甚麼要求，他都肯依我。」

「嫁給他？」

「不！不要辭職——他說給他最後一個機會！」

「嗯，機會！」

錢通摸摸下巴，忽然把頭揚起來。

「小白，」他說：「妳馬上下去！」

「幹甚麼呀？」

「給他最後一個機會，」他認真地回答：「也給我們最『好』的一個機會！」

白爾薇根本聽不懂他的話。

「甚麼最後最好的——你說些甚麼呀？」

雖然旁邊並沒有人，但錢通仍然在她的耳邊咬了一陣耳朵。最後，他望著她問：

「你覺得怎麼樣？」

她猶豫了一下，然後自語道：

「我可以這樣做嗎？」

「有甚麼不可以！」錢通接著說：「既不偷，又不騙，他認為不行，誰也不會勉強他去幹的。」

「好吧！」他隨手拿起放在床上的毛衣。

胖子在她鎖門的時候說：

「那麼我在家裏等候妳的好消息了！」

「事情那有這麼快呀！」

「妳錯了，要說就在這個時候說，現在是最好的時機——等到妳去找他，那就沒意思了！」白爾薇又跟生怕失去這個「機會」的錢通嚕嚇了一會，最後她聲明；這種話她是可以說的，但真正的關鍵，卻在他找到的那位何娜娜小姐是不是夠格，因為別人投下三幾十萬資本，至少也要見過才能放心的。

「那當然，」胖子站在梯口拍拍胸口，「我錢通敢吹這個牛，他要是見了不著迷妳砍我的頭！」

白爾薇走了之後，錢通在房間裏靠了一會，但終於又忍不住跑到黎牧那兒去，報告這個好消息。正巧小乖乖到隔壁搓衛生麻將去了，所以一見面，便用不著忌諱甚麼，馬上談到正題。

「聲音輕一點，」因為錢通太興奮，聲音高了點，黎牧連忙制止：「這裏跟隔壁只隔一層蔗板，我太太非但眼睛鼻子靈，耳朵更靈，有時候隔壁陳家兩夫妻商量明天買甚麼菜她都聽得清清楚楚。」

「那也沒關係，她知道我們在談些甚麼——她現在還不只顧著紅中白板呀！」

「還是小心點好，她已經有點疑心了。」

「疑心甚麼？」

「她除了疑心我會在外面交女朋友玩女人，還會疑心甚麼——你們這些單身漢不會明白的！」

「可是你並沒有交甚麼女朋友，玩甚麼女人呀！」

「話是不錯，」導演嘆了口氣：「可是等到她發覺了，再解釋呀，又有毛病了！她會說，既然沒有毛病，為甚麼瞞著我？」

「對呀！那個時候我不是勸你把事情向她說明的嗎？」

「說明？好！那麼誰也別想幹得成——錢胖，你罵我甚麼都好，我現在心裏真的有點慌，萬一事情穿了，我大概不死也得脫層皮！」

錢通嘟嘟嘴，思索了一下，說：

「你放心好了，我做事時常有預感，這次呀，事情絕對沒有問題。一切OK之後，導演費向她手上一塞，她跟你吵才怪！」

「真的那麼有把握嗎？」黎牧不大相信地又問。

「不是真的我還跑來！」錢通叫起來：「現在我到糯米糕那邊去一趟。明天你早一點到公司來聽好消息！」

這天晚上，經理先生再回到公寓的時候，已經很晚了，原因是麥高並沒有在家裏；而他卻急於要想見到他，告訴一些關於「大膽姑娘」劇本方面的事情，可是編劇先生卻出去了。他愈等想得愈多，幾乎把整個故事都想好了，只差沒有寫下來而已；最後，他實在等得不耐煩了，同時又生怕會突然把這個相當完整而且精彩的故事忘掉，於是連忙叫了車子回公寓來。

但，白爾薇仍然沒有回來。

他望望門上的銅鎖，心裏微微有點惆悵之感，另外還有一種奇異的甚麼在攪擾著他。他回到自己的房裏，呆呆的坐了一陣，然後動手把那個故事的大綱寫下來，準備明天給麥高作為參考。

他不知道寫了多久，隔壁嚴以正下班回來了，他故意不去理會他。他繼續寫，最後竟然坐在椅子上睡著了，再醒過來的時候，他看見白爾薇就站在自己的身邊，正用手搖撼著他。

「哦——幾點了？」他茫然地問。

「兩點多了！」她回答，然後神秘地衝著他笑。

「你這麼晚才回來！」

「我跟他談我們這件事。」

他驀然端坐起來。

「有結果沒有？」他急切地問。

她沒有回答，但把右手的姆指食指圈成一個圈。

「真的？」他幾乎要跳起來：「他怎麼說？」

「他要我們提出一個具體一點的計劃書，」她認真地說：「劇本，卡司脫，準備怎麼做，預算要多少錢——還有，最重要的是他也要看看那位大膽姑娘！」

十二

梅多靈——在這個時候還是叫她做何娜娜小姐比較合適——第二天並沒有讓錢通他們擔心，父親剛離開家裏，她便提著她的那隻小旅行袋到火車站去了。

今天，她比昨天輕鬆多了，換過衣服，她把小旅行袋寄存在車站裏面，然後叫了一輛三輪車到昆明街五傑電影公司。

在車上，她再背了一遍對付「那個不說話的傢伙」的對白，直至車子停下來的時候，她認為自己已經有充分的把握了。

但是她很失望，五傑電影公司的辦公室裏只有兩個人，黎牧和錢通。

錢通昨晚作了一夜的惡夢，早上醒過來便發覺右眼跳得厲害。一個預兆使他相信何娜娜小姐不會來了。他雖然沒有說出來，但他開始後悔昨天為甚麼不堅決的留住她。就在他這樣胡思亂想的時候，換上一套更迷人的絳色衣服的梅多靈在門口出現了。

「Good morning」她怪腔怪調地叫了一聲，擺了擺手，便朝著錢經理走過來。

「嗯，摩寧！摩寧！」錢通連忙站起來，他有點慌亂地讓何娜娜小姐坐到靠窗的那張大沙發上，然後又忙著替她張羅茶水，等到他把一杯白開水放在她的面前時，他才透了一口氣——現在他才敢相信，何娜娜真的來了！

「我說吧，作夢根本是毫無道理的！」他自言自語地說。因為剛才他和黎牧談起過這個問題。及至他發現何娜娜望著他時，他才誠實地笑著解釋：

「我昨晚作了一夜的怪夢，說妳不來了！」

「怎麼會呢？」她笑了，「我是最講究信用，最守時間的！不過呀，有些時候又不同了——你們知道的！」

胖子表示聽懂了她說的話，隨手把香烟摸了出來。

「抽一支嗎？」

梅多靈伸出手，又收回來了，她記得昨天抽那支煙時的狼狽相。

「喉嚨不大舒服！」她說。

「那麼喝口水吧。」

她端起杯子喝水，錢通利用這一段短短的時間計劃下一個步驟。等到她放下杯子，他正色地說：

「何小姐，事情既然已經這樣決定了，我們想今天就跟妳辦一辦手續！」

「手續？甚麼手續？」她困惑地皺起眉頭。

「基本演員合同呀！」

「哦，是的，基本演員合同。」

黎牧把那兩份自己一大早守在打字行打出來的合同拿過來，由錢通遞給她。

「妳先看一遍吧！」他說。

梅多靈從來沒有看過甲方乙方這一類的文件，所以起初的時候總是看不懂。製片人以為有疑問，連忙加以解釋：

「這只不過是一種手續而已，雙方都沒有甚麼約束的，」他索性坐到她的身邊去，歪著頭去看她的那一份，「喏，前面那幾條都是官樣文章——這裏，妳可以從這一條看起……」

「三年？」

「時間太長了嗎？」

「三年下來我不老啦！」

「本來我們想訂五年的，」錢通說：「因為我們也有我們的苦衷！培植一個新人是要用很多錢，要用很多時間的！我們，呃，我們……」

「我們打個比方，」導演接住製片人的話：「香港尤敏的片子妳看不看？」

「看，」梅多靈點點頭，「我很喜歡她！」

「那好了，」黎牧繼續說：「說句良心話，尤敏剛上銀幕的時候呀，實在不高明——我批評過她將來絕對不會有前途的！可是現在呢，現在尤敏的戲演得很不錯了，雖然稍微還有點做作，不能完全放開，可是已經算得上是個明星了！但是妳不知道吧，發掘她的那家公司可沒有賺到甚麼錢！為甚麼？林翠剛會演戲，剛紅，合同可已經滿期了！」

梅多靈本來就是個標準影迷，明星不論中外，她對他們的事情曉得比對自己的更清楚：誰的太太是誰？丈夫是誰？離過幾次婚？那一年出過甚麼新聞？演過甚麼片子等等。但，對於黎牧所說的事的確不大清楚。

「這就是說，」導演把話接下去：「假如尤敏的合同再延長一兩年的話，那家公司現在就賺回一點錢了！」

「他們在賠本嗎？」他好奇地問。

「這倒不大清楚，不過她的片子賣錢是離開那家公司之後的事——她當時訂的還是五年呢！」梅多靈不做聲了。倒不是為了合同的時間，其實三年和五年對她都一樣，她根本不了解這張紙有甚麼用處，反正她沒考慮過這件事。她所想的，只是尤敏成為一個明星，是經過一段很長的時間的。

「五年之後，我就二十四歲了！」她在心裏向自己說。

「這一項沒有問題吧？」錢通低聲問。

她並沒有回答這句話，她說：「那麼，我也要三五年才能出頭了？」

製片人用力搖晃著他的頭。

「絕對不要！」他比劃著手勢，「他們完全不懂得宣傳！像好萊塢就不同了，多少新明星是一夜成名的！所以，我們敢替妳保險，像妳這樣條件的，絕對一炮而紅！」他隨即又轉換另一種語調，補充道：

「不過，問題還在妳肯不肯……」

「我有甚麼不肯？」她宣示道：「我既然來了，當然是一切都沒有問題了！」

「妳誤會我所指的了！我是說，只要妳肯犧牲一點……」

梅多靈顫慄了一下，自然而然地把手收了起來。

「犧牲一點是甚麼意思？」

「就……就是比較暴露一點！」胖子諂笑道：「我知道妳是不會在乎這一點的！」

「嗯，那……那當然，」她含糊地應著，然後俏皮地望著黎牧，「總之我一切都聽導演吩咐！」

「那好極了！」錢通伸手去指著下一條，「至於這一條，就是酬勞問題，既然是基本演員，就得支付薪水，其實這只是一點意思而已。像中央公司張仲文穆虹她們，也不過是每個月六百塊錢！」

「這個我知道，拍片子另外計算。」

「對了對了！因為我們是新公司，規模不能跟人家公營公司比，所以暫訂三百元，不叫酬勞，叫車馬費，這樣比較好聽一點！至於公司沒有片子拍，借給別的公司的話，我們按照一般的老規矩；借用期間，停發薪水，另外在片酬上扣百分之十——這……這是訓練費！中影公司也是這樣的！」

「好，我同意！」

「下面的就沒有甚麼問題了，妳看吧！」

五分鐘之後，梅多靈在那兩份合同上簽了字，蓋上手印，賴老闆正好趕上做見證人。等到合同簽完了，錢通和梅多靈握握手。

「現在我們是一家人了！」他興奮地說。

接著黎牧也過去和梅多靈握握手，客套一番。

「昨天那位編劇先生呢？」梅多靈有意無意地問。因為她所準備的「臺詞兒」，是專門對付他的。

「大概快要來了，」錢通說：「他正在為妳趕寫劇本呢！」

「為我？是個甚麼故事？」

「這妳可以放心！保險曲折離奇，香艷肉感——魏勒潛的傳奇小說妳沒有讀過嗎？那就是他的筆名呀！」

「哦，」她假作淡漠地應著，其實她心裏面已經決定到書攤上去找找他的書，她認為以他的小說去對付他要比甚麼話都更生效。

「我想先看看故事，」她說：「好早一點作個準備！」

胖子同意她的話，不過他告訴她：在這部片子開拍之前，她還得經過一段短期訓練的。

「比方，」他說：「開汽車……」

「我會！」她搶著回答：「我時常開爹地的車子，是張司機教我開的！」

「甚麼時候？」錢通困惑地望著她。

她馬上發覺自己說錯了話，但，她的反應比他們的疑心更快，隨即神秘地笑了笑。

「就是在跟我現在那個死鬼住到一起之前，」她解釋道：「我叫那個老頭子作爹地，因為跟他一起出去，人家總以為我是他的女兒！」

「嗯，還有——騎馬、開槍、游泳……」

「又不是拍西部武打片，幹嘛要學這些？」

「這是基本訓練！香港的電影畫報妳沒看過？連騎腳踏車都算是一門訓練功課呢！」

「只是意思意思罷了，」導演接住製片人的話：「不過游泳最好是懂，至於游得好不好那是另一回事，至少不能假到把觀眾都當作大沙漠來的傻瓜！」

「大沙漠來的傻瓜？」

「沒有見過水呀——妳最近有沒有看過一部國語片，那位女明星就是蹲在水上伸伸手，歪歪頭，當作自由式拍的！」

梅多靈放心了，她說：

「那我游得要比她好！還要訓練甚麼呢？」

「國語。」

「我相信我的國語還相當標準。」她認真地說，因為她在唸女師附小的時候，就得過國語演講比賽的第二名，而且直至現在，注音符號她連一個都沒忘掉。

「說得好通不行，還得學一些玩意兒！」

「……」

「有些時候，碰到個甚麼堂會晚會，人家請你上去，除了哼哼唱唱，最好還要會耍一兩套。」看見她半張著嘴，錢通說下去：「比如唸一兩段急口令啦！或者學學貓叫狗叫啦！現在呀，就時興這些，假如不會，人家就說妳肚子裏沒玩意兒！」

「那倒難了，這些我一點兒都不會！」

「不會不要緊，只要妳肯學，」製片人安慰道：「我們要把妳訓練成甚麼都能來一兩手的——從明天起，我們就把妳交給黎導演！」

「為甚麼要交給他？」她問。

「由他來訓練！」經理先生回答。

錢通宣佈這句話的時候，事先並沒有給黎牧任何暗示，所以導演不免有點驚異，同時，錢通所說的那些訓練他完全是外行。開車，她懂，不必去說。騎馬呢，他這一生只騎過兩次，一次在家鄉被摔在泥田裏，一次在川端橋邊的小馬場；他雖然時常會突然的冒上一點英雄氣慨，但由於身材不高，也只好想想拿破崙希特勒這一類人物來安慰自己；因此，第二次騎馬他還特地帶了一位喜歡照相的朋友去，替他在騎馬的時候拍一張留念；鏡頭是仰攝的，所以那匹又瘦又矮的小馬顯得特別雄壯，而他也顯得特別英偉。現在這張放大的照片就掛在小客廳裏，他不時還會向小乖乖誇耀當年自己的騎術。說到射擊，新公園的汽鎗他老打不準的原因他怪風太大，不然就是那支汽鎗不好；總之，對於這些，他自認沒有天才，能不碰就不碰。游泳就更不必提了，他連洗臉都怕把面孔浸進水裏的；幸虧這位何娜娜小姐剛才說她要比那位蹲著游自由式的女明星好，總算可以勉強唬過去。至於甚麼急口令，鷄叫狗叫，他覺得錢通這傢伙想得太偏了。大陸上以前有一位鼻子不通的歌星，還相當紅。臺灣也有一位左嗓子的明星，有時在電臺上唱一曲，照樣受歡迎，因此他認為，有沒有玩意兒都一樣，觀眾只要知道她是明星，那麼即使是發花癡的，也覺得天真可愛；浪漫一點，也值得欣賞了。

想明白了這一點，他先清清喉嚨，一本正經地宣示道：

「製片人所說的，當然也很重要，做明星，就得甚麼都會。有時為了應付，就是不會也要裝會！不過，我認為表演比技能更重要！表演是基礎——所以我的訓練，也是先從表演訓練起。」

「對，這話不錯！」胖子贊許地嚷著。

從他們這一段談話開始，賴老闆始終坐在一邊，對於他們的話，他聽懂一半，意會到一半，現在，他忍不住插嘴了。

「還有一樣也很要緊的——喝酒！」他們還沒有想到這個問題，但梅多靈卻嚷起來了。

「甚麼都可以訓練，喝酒我可不幹！」

他們覺得有點奇怪，一個在外面混混，在風塵裏打滾的女人不會喝酒？

「你是不是有臺灣癢？」黎牧關切地問。

「臺灣癢，甚麼臺灣？」她莫明其妙地反問。

「哦，大概她喝了酒要起風疹塊！」錢通替她找了個理由。

現在，梅多靈算是鎮定下來了。她是聞見酒味就會頭暈的。但為了掩護自己目前這種特殊的身分，她連忙有條有理地解釋道：

「不是！我以前喝酒呀，就像喝水一樣——威士忌我可以喝兩瓶！」

「兩瓶！」酒家老闆不敢置信地打量著這個小女人，「我的酒量才是一瓶半呀——兩瓶？算段應該在七段之上了！」

「不過現在我不喝了！」梅多靈說。

「胃不好？」

「不是，」她搖搖頭，「因為我喝酒上過當——上甚麼當你們可別問了，總之，拍到我醉酒的鏡頭，我保險使導演滿意就是了！」

賴老闆昨天錯過了機會，今天和梅多靈見了面，才相信錢通沒有騙他。而他的毛病就是見不得漂亮的女人——尤其是像梅多靈這樣年輕而又夠味兒的女人，因此，他嚷著中午要請客。為了昨天的那個原因，最後決定到博愛路一家頗有名氣的日本料理店去。因為一方面換換胃口，一方面那個地方很幽靜。

為了要湊滿一桌，顧問先生要錢通去把麥高和白爾薇他們請來，而胖子的心裏也正在打算讓白爾薇和嚴以正見見何娜娜小姐。因此他先叫了一輛三輪車回懷寧街去。記者在這個時候大概還沒起來，白爾薇除了有甚麼特別的事，中午下班她一定回公寓吃包飯的，她有午睡的習慣。

可是，當他走進公寓的時候，他一進門便知道白爾薇並沒有回來，因為她那雙湖水色皮底繡花拖鞋端端正正的擺在樓梯旁邊。不過，他卻聽見記者刷牙嗽口時發出的那種怪聲。

他在小院子裏向樓上的嚴以正問了兩句話之後，便到門房旁邊撥一個電話到白爾薇的寫字間去。對方回答她在下班之前就走掉了。

他掛上了電話，思索了一陣，覺得少了個白爾薇也不要緊，反正主要「對付」的，是嚴以正。只要他見了何娜娜，他回來就會加油加醬地向她描寫的。對於這件事，錢通充滿自信，當他等記者穿衣服時，他甚至已經在編造一套準備挖苦他的話句。

嚴以正很快的下樓了，他坐在樓梯上穿皮鞋，一邊淡漠地問：

「那位何小姐真的來做？」

「嗯。」胖子隨便點了點頭。

記者知道他的心裏在想甚麼，不再問下去。但當三輪車向反方向走時，他忍不住說：

「怎麼向這邊走？」

「還要去叫麥高。」

「那麼那位何小姐呢？」

「她和黎牧他們先去了，這一頓是賴老闆請客——他對她欣賞透了！」

「……」記者沉吟了一下，說：「他會不會動腦筋拉她進酒家啊！」

「不會的！」

沉默了一下，記者忽然問，語氣相當委婉。

「她真的那麼漂亮嗎？」

錢通回過頭望望這位臉色蒼白的朋友。

「你大明星見得太多了，也許會看不中。」他冷冷地一笑：「多包涵包涵啊！」

「你何必挖苦我呢！」嚴以正說。

錢通連忙聲明自己說的是真心話，並無惡意。但，這些話只使嚴以正更難堪而已。

結果，到麥高的住所撲了個空，據房東說他一早就出去了。當他們兩人再趕到那家別具情趣的日本料理店時，賴老闆他們已經開始吃了。

看見只有他們兩個人，主人問道：

「白小姐和麥先生呢？」

「都出去了，」錢通回答。他正要回頭向嚴以正介紹坐在榻榻米上的梅多靈時，才發覺前者正在呆呆的注視著她。

「何小姐，」於是他有意味地說：「我來替你們介紹一下：這位是大記者，嚴先生——這位就是我向你說的何娜娜小姐！」

嚴以正想伸出手，但又突然收回了，因為他和梅多靈之間隔著一張矮桌，而且一個站著一個坐著。這個動作使他有點尷尬，結果還是梅多靈把這種突然冷下來的空氣變得活潑起來。她張大了眼睛，先衝嚴以正一笑，然後擺擺手說：

「嚴先生請坐下來呀！」

「嗯，是……是的！」他含糊地應著。

「就在這兒吧，」她拍拍旁邊的一隻墊子，「坐在我旁邊談話方便一點——不過我先聲明談的話不能發表！」

賴老闆像是這時才想到讓位，他有點熱心過度地張羅著，同時向遲到的客人聲明，他們吃的是「定食」，各人吃各人的一份。

「虛位以待，虛位以待，」他指指空著的位子，「我以為白小姐和麥先生要來的！何小姐餓了，我們一邊吃一邊等！」

嚴以正本來想坐在黎牧那邊的空位上，但錢通卻為另一個原因，故意把他推到何娜娜的身邊去。賴老闆輕輕的拍拍掌，穿著潔淨的天藍色制服的女侍將黑漆托盤端進來了，還替他們斟了酒。

「來，嚴記者，」主人舉起杯子，「我們先乾一杯，你這幾天很少到公司來呀！」

嚴以正把話支吾過去，但他開始發覺身旁的梅多靈在望著他。

「我還是第一次跟記者坐在一起吃飯呢。」她笑著說。

「那老嚴得好好的乾一杯！」坐在對面的錢通開始起鬨了。他已經從對方的神態中，窺出記者先生對這位何小姐的反應。

「我……我中午不大喝酒的！」他吶吶地說。

梅多靈忍不住笑起來。她的笑聲大概是學某一位女明星的，所以大家都回頭來望她。

「你們知道我笑甚麼？」

他們當然無從回答。

「我笑這位大記者！」她說。

嚴以正的臉跟著紅起來。

「我沒想到記者會是這樣老老實實的！」她認真地說。

「那……那麼妳以為記者應該是怎麼樣的呢？」嚴以正終於迸出了這句話。他並沒有著惱——因為對著一位這樣美麗的小姐，誰也不會著惱的。

梅多靈合著手，貼在胸前，微仰著頭說：

「至少，要像嘰哩咕嚕屁客那樣！」

「嘰哩咕嚕屁客？」

除了賴老闆（因為他根本沒聽懂），他們同時重複著這句話。由於她唸這幾個字的時候，發的是四川音，因此他們沒想到是外國名字。

發現他們這種丈八金剛的樣子，梅多靈困惑起來了。

「連他你們都不認識？」她喊道：「你們還搞電影呀？」

他們互相望了一眼。因為黎牧是本行，為了職業上的尊嚴，他低聲問：

「妳剛才是怎麼唸的？」

「嘰哩咕嚕屁客！」

導演再認真地重複一遍，但仍然猜不出是誰。

從表情上看，他知道這位何娜娜小姐非常失望，她連臉都拉長了。就如同她的小咪當她和牠說話時，牠把眼睛閉起來時一樣。

「怪事怪事！」她說：「他太有名了！就像飛得你媽去，蘿蔔太辣一樣有名——你們沒看過羅馬假期嗎？他就是演那個愛上公主的記者！另外一部風流記者裏面，他也是演記者！」

現在，他們才算是真正的明白過來了。

「哦，」黎牧笑起來，「原來妳說的是格蕾葛萊畢克！」

賴老闆連忙拉住導演，低聲問他們說的是甚麼人。黎牧只好特地為他解釋，最後他發誓要去看梅多靈說的那兩部片子。因為身為電影公司的顧問，不認識幾個外國大明星是丟臉的。

「假如何小姐說的是日本明星，」他宣示道：「妳就難不倒我了——從演武俠的片岡千惠藏，到現在專演打鬪的那個牙齒長得亂七八糟的石原裕次郎，我全認識！」

記者對日本片向無好感，尤其是他們故意用三流片子去參加亞洲影展這件事，使他覺得是奇恥大辱；現在他聽到賴顧問提起日本片，於是他微微有點冒火。

「有一個不知道你認不認識。」他故意向顧問說。

「那一個？」

「人頭太次郎！」

「人頭太次郎？」顧問摸摸下巴，眼睛翻來翻去。

「剛剛竄紅的，這小子比石原裕次郎更帥！」

顧問想了好一陣，依然想不出這個人。

「他演的是那一部片子？」他問。

嚴以正想起日本片中有一部名叫「鞍馬天狗」的，於是他隨口說：

「韃韃牛地貓！是一個幕府時代的故事——鞍馬天狗的徒弟！這部片子在威尼斯影展還得到特別獎呢！」

賴老闆不響了，他低頭努力思索。記者向黎牧他們使了個眼色，順手將酒杯端起來。

記者正想敬何娜娜小姐的酒，賴老闆卻把手伸過來了。

「你把這四個字寫給我看看！」他認真地說。

嚴以正用手指蘸著酒把韃牛地貓四個字寫在桌面上，讓這位日本影片迷去傷腦筋。

結果，這頓飯吃完之後，賴老闆仍然毫無所得，但記者先生卻收獲甚豐。梅的「故事」感動了他。自從報紙增刊之後，家家都在大耍花樣，比如亂世姻緣，古今神怪這一類小闢欄大行其道，而最近為了一個交際花流落國外的事竟然爭先恐後，大登特登。他覺得這些事很無聊，真正要寫，應該寫，值得寫的事情太多了，就拿面前這個小姑娘來說，她的身世和遭遇，不是比一部傳奇小說更引人入勝嗎？

「我一定要替妳寫一篇東西！」他說。

錢通瞟了他一眼，一邊用手掩著嘴，在剔牙齒。

「捧還是罵？」他有意味地問。

「甚麼意思？」記者揚起頭詰問道：「你以為報紙上登的東西只有這兩種意義嗎？」

梅多靈插嘴了，她說：

「不管捧也好，罵也好，甚麼意義都好，總之，我不願意被人家登在報紙上！」

「登在報紙上有甚麼不好？」錢通隨即把話題轉回來，「這就是宣傳嘛！」

梅多靈不響，但她的神情可以讓製片人知道她是相當固執的，記者為了自己的那篇描寫社會病態的特稿，也從旁幫著加以解釋。最後，梅多靈算是被說服了。其實，她想：何娜娜並不是自己，即使登出來也不會被人發覺的，但他仍然要附帶條件。

「好，」記者爽快地說：「妳提吧，我們都接受。」

她想了想，開始說：

「第一，只能登何娜娜這個名字！」

「那當然，」製片人馬上回答：「而且妳並沒有告訴我們真名實姓！」

當梅多靈正要伸出第二個手指時，嚴以正忽然像是甚麼地方被毒蚊子叮了一口似的，有點神經質地伸出手。

「慢點，」他認真地說：「我的標題就叫做『沒有姓名的女人』怎麼樣？」

「好是好——不過我的意思最好是有姓名，」製片人說：「就乾脆把道個何字去掉好了！娜娜，不是很好嗎？」

「對！娜娜，就叫做娜娜第二！」

「隨便你們怎麼取，反正我沒意見。」梅多靈接著說：「第二，不可以描寫我的相貌——尤其是這顆痣！」

他們這個時候才發現她的顎下有一顆痣。

「第三呢？」記者問。

「第三，要等到片子決定開拍之前三天才可以登！」

這個問題牽涉太大，宣傳大員回過頭來望望製片人。因為他覺得即使現在「那個人」找到了，但仍然是空的。可是，胖子的表情卻使他有點困惑，他含著一個神秘的微笑，望著自己手上的酒杯，慢條斯理地把酒乾掉。

在嚴以正忍不住想說句甚麼話時，錢通開口了。

「那當然！」他說：「現在一切俱備，只等劇本。劇本一出，就決定開拍的時間，積極準備！」

「那位麥先生是在趕寫劇本嗎？」梅多靈低聲問。其實錢通已經告訴過她的。

「呃，大概最遲後天就可以完成了。他是鬼才，像這一類輕鬆喜劇，他快起來一天可以寫它三個。

黎牧一直望著錢通，這時他們的目光接觸了，後者馬上了解前者的心意，於是補充道：「當然，決定拍一部拍片子，並不是一件普通的事，」他向黎牧作一個心照不宣的表情，「不過，我已經有百分之九十九的把握，只要讓何小姐和他見一次面，就ＯＫ！」

「見誰的面呀？」梅多靈問。

錢通遲疑了一下，因為賴老闆在座，所以有些話他不便明說。

「是一個很重要的人！」他說：「香港方面這個人跟邵氏陸氏光藝的關係都不錯！在臺灣拍片，要是海外版權沒路子，就等於自殺——一種最痛苦的自殺！」

黎牧覺得奇怪，這件事情錢通始終沒有說過，但等到他看見胖子繼續向酒家老闆解釋為甚麼等於自殺時，他才明白過來。但，他馬上又發現梅多靈在動腦筋了。

梅多靈淡淡的向他一笑。

「不過，我可先要聲明，」她說：「我只能在臺灣拍，香港我不能去？」

「為甚麼不能去？」錢通裝作吃驚的樣子，因為他剛剛才對賴老闆說起以後要到香港去拍片的事。

「沒有理由！我，我討厭香港！」她掩飾地說：「我以前的以前的那個他，現在就住在香港！」

錢通向賴老闆使了個眼色，然後裝模作樣地向梅多靈保證；既然他不願去香港拍，那麼公司就請香港的演員到臺灣來。

「王引羅維他們不是要來嗎，」他說：「就留下他們簽一部戲好了！」

飯吃完了，梅多靈說是有事，明天再到公司來。臨走之前錢通再三關照，希望她隨時與公司保持聯絡；她為了使製片人放心，保證每天到公司一次。

她走後，賴老闆也因事到延平北路去。等到那部三輪車蹬遠之後，記者回過身來問錢通：

「老錢，事情真的那麼樂觀嗎？」

「至少不像你那麼悲觀──事在人為呀！而且我還告訴你一個最機密的消息，」錢通忽然正色地注視著嚴以正，「你先發誓你不給我嚷出去！」

記者頓了一下，把手舉起來。

「好，我告訴你！」他說：「早上我已經去跟一位投資人聯絡過了，原則上完全同意，第一期先簽三部──這個人還沒回香港，這件事可要絕對保守秘密呀，要不然，搞片子的一起向他那裏鑽，可就糟了！」

記者不再問下去，借故先走。

「真的有這回事嗎？」黎牧回頭急切地問。

錢通望著這位朋友，搖著頭笑道：

「你太老實了，不能搞電影。這叫做虛虛實實——你等著看報上的消息好了！」

十三

果然，當天下午，嚴以正便將這個「暫時不能讓別人知道」的消息在報上登出來了。由於他剛出道，消息老是落在別人後面——慢三板！所以，這次他並沒有放過這個機會，搶一個獨家。而編輯老爺這天正患重感冒，兼之稿子缺，便給這段消息來個頭條。標題雖然並沒有賣弄，但相當惹眼。文字裏面，嚴以正把一位剛好在臺灣的香港電影界某製片人兼導演又兼主角的某先生拉進去，牽強附會一番，同時說得有聲有色，像是簽合同的時候他也在場似的。而且，他也把「五傑」公司說成是一家擁資百萬的「生力軍」，是由某某巨子大力支持的，第一砲「大膽姑娘」正由某名劇作家撰寫中，導演亦已聘定，「據說」是由某公司的青年編導執製云云。最後，附帶一塊小花邊，微微帶到梅多靈。他把她形容成一個神秘的傳奇人物，「她的出現，將使國語影壇震驚，群星失色！」——其實，他這樣做並不是對錢通妥協，只是為了他這條「獨家新聞」更精彩而已。

白爾薇下班的時候，就拿了一份報紙回到公寓去。

「登得太早了吧？」她向製片人說。

「空氣得先製造起來，」他解釋，「以後才好推動——他看見了嗎？」

「誰？」

「老頭兒呀！」

「哦！」她搖搖頭，「他除了經濟版，對什麼都沒興趣！」

錢通微微有點失望。

「你不是說他願意的嗎？」他低促地問。

「那是因為我！他只是想收買我！」她冷漠地回答，一邊到衣櫥那邊去換衣服。

錢通本來想出去一下，但白爾薇已經叫住他了。

「你只要不回頭就成了！」

胖子的臉熱了一下，一種甜蜜的感覺逐漸升起來。在這一瞬間，他真想告訴她：這部片子不要搞下去了。不過，白爾薇已經向他走過來了，她一邊束著睡衣的腰帶，一邊對著他坐下來。

「中午你到那裏去了？」他低聲問。

「陪他嘛！」她把煙點燃，然後繼續說：「他這兩天突然那個起來了，我真有點怕！怕他會真的喜歡我！」

「真的喜歡妳？」他叫起來。

「你的聲音小點好不好——那位何小姐來了？」

他笑了。得意地合著手掌。

「不來，老嚴會登那篇東西呀！」他說：「我特地回來找妳一起去吃午飯的，讓你見見她！」

「老嚴這樣寫，我想大概錯不了——他對女人的分數打得很嚴呀！」

「所以還是個老光棍！」

「那麼你呢？」她接著問。

錢通望著她，至少有一分鐘，他的腦子裏像洗刷過一樣，空洞而潔淨。

緘默半晌。白爾薇先透出一口氣，站了起來，直至她轉了身，錢通開始生自己的氣，因為最適當的時機過去了。驀然間，他有落寞的感覺。

「你看我們甚麼時候向他提呢？」她在五斗櫥前站著，背著他問。

錢通猶豫了一下。

「這個決定在妳，」他說：「我的意思是先等劇本出來，再找黎牧打一個詳細的預算，然後連同計劃書一起送去給他——決定這種事，是要一口氣的，要是讓他有時間去考慮的話，那就危險了。」

她不響，也沒有回轉身。停了停，他問：

「妳看是不是應該在那天讓他見見何娜娜呢？」

「當然要讓他見的！」

「……」他抬起頭，「我想先讓黎牧按照劇本上的戲訓練她幾天——下個禮拜五怎麼樣，還有一個禮拜的時間去準備。」

她並沒有回答他的話，她轉過身體，靠著五斗櫥說：

「你不是說那位何娜娜很迷人嗎？」

「豈止迷人——妳想甚麼？」

白爾薇收斂了嘴角殘餘的笑。

「我想利用利用她，一石二鳥！」她宣示道。

錢通驟然變得熱心起來。

「真的，我還沒有想到這一著！」他興奮地喊道：「要是用何娜娜去釣他呀，我敢擔保，老傢伙準上鈎！」

「你有把握？」

「當然有把握！不過事先可不能讓何娜娜知道！聽她的口氣，像是對老字輩沒有甚麼好感！」

白爾薇又回到原來的位子上坐下來。

「像她這種女人，只要有錢，才不管老頭子小白臉！」

錢通連忙否定她這句話，他說看樣子何娜娜並不是一個拜金主義者，但他又說不出個所以然。

「總而言之，」他說：「她相當怪，有時候，我真的不敢相信，像她這個年記會有那麼豐富的經歷！」

「女孩子的話，有時候也不可以完全相信的！」

「這我懂！不過，世界上不會有人故意說自己壞吧？」

「她說她很壞嗎？」

「她對自己的事一點都不隱瞞，最近她才和她的那個死鬼分開呢？」

「他有小孩了沒有？」

「這倒忘了問！不過看樣子是沒有。」

「看樣子！」白爾薇笑笑，有意味地望著胖子，「看樣子你對她倒是相當有興趣呢——別解釋，女人的眼睛就是這種地方厲害。你瞞不了我。」

錢通舉舉手，又廢然地放了下來。

「妳們女人怎麼都是這個樣子的。」

「女人本來就是這個樣子嘛！」

「好！」她吁了一口氣，說：「我坦白告訴妳，我的確對她有興趣，因為現在我們的一切理想希望都寄託在她的身上，非有興趣不可呀！」

白爾薇笑起來了。

「別那麼緊張，我只不過開開你的玩笑——但是你可要在她的身上下點功夫，因為這關係太重大了，這件事成不成功還在其次，我卻要抓著這個機會脫身呀！」

「我知道。」錢通慎重地回答。

沉默片刻，正當他想問白爾薇「脫身」後的第一個計劃時，外面通道有人在叫了。

「錢通！」

胖子應著，連忙跑到門口去。他看見麥高手上挾著一個紙包，站在他的房門口；看到了他，編劇先生連忙向他走過來。

「你不是住在那一間嗎？」他問。

「……」錢通點點頭，「我在白小姐房間裏聊天！來吧，就進這邊來坐好了。」

麥高雖然和白爾薇在公司見過幾次面，但進她的房間還是第一次，因此微微有點拘束。

「別這樣娘娘腔！」胖子笑著拍拍他的肩膀，說：「白小姐等於是老大姐……」

「老大妹好不好！」白爾薇更正他的話。

「好，就大妹——一次生二次熟，以後沒事時常來跑跑，對你也算是一種訓練！」

「訓練甚麼？」

「臉皮！」錢通回答她的話：「他見母雞都會臉紅的！」

白爾薇有意味地望麥高一眼，他的臉真的紅起來了。

「麥先生有女朋友沒有？」她問。

「妳別破壞人家的名譽好不好——人家還是……」

麥高要站起來，但被錢通一手按住。

「好了，我們說正經的，」他問道：「這兩天你又不在家，又不來公司，究竟在外面忙個甚麼勁兒呀？」

「我在圖書館。」麥高低聲回答。

「在圖書館幹甚麼？」

「寫劇本呀，」編劇先生隨手把那個紙包遞給製片人，「已經寫好了，你拿去給黎牧看看，這東西帶到他家去不方便！」

錢通沒想到麥高會那麼快便把劇本趕出來。他有點忙亂地撕開包在外面的報紙。

「這種格式不一定對，」麥高在一邊加以解釋：「不過，反正老黎要重新整理的。」

胖子隨手翻動了一下，白爾薇坐過來，他便把那部劇本交給她。

「故事的高潮還多吧？」

「一個接著一個。」

「歌呢？」

「我空出八個地方，如果不夠，還可以加的。」

「有沒有讓她賣弄性感的戲呢？」

「我現在只擔心賣弄的地方太多了，電檢處會剪掉！」

「啊，那不要緊！」製片人得意地笑了，「我們還要故意拍幾個通不過的鏡頭讓他們剪呢！剪得愈多呀，愈有人看——宣傳的重點就在這裏，你曉得我們的電影廣告怎麼登：『本片被電檢處剪掉鏡頭××個』！這樣一來呀，觀眾非看不可！」

麥高像是沒有心事談論這些事情，錢通發現他的神情不對，於是問：

「你是不是還有別的事？」

「我想回去早點休息，這兩天我根本沒睡過覺。」

「好吧，」胖子想了想，於是站起來：「看你的樣子是應該休息了。」

送麥高到樓梯口。他又補充一句：

「明天公司見。」

編劇先生停住腳步，像是有甚麼話要說，但猶豫了一下，終於「唔」了一聲，便走掉了。

其實，麥高並不是急於要回去休息。這兩天裏——就說自從何娜娜來報考的那天開始吧，他便有點恍惚惚的，思想老是不能集中；他不明白自己為甚麼會這樣？最初，他以為自己身體不舒服，但體溫飲食，又是正常的。雖然有時他的情緒也會因經濟或某些不如意的事情而轉入低潮，可是從來沒有這一次那麼嚴重。這就是他沒再到公司去的原因之一。而那個騷擾著他的奇怪的思想，卻愈使他困惑了，他似乎在企求著一件甚麼事情發生，但又害怕它會真的發生似的；他故意遠離別人，但又渴望去接近別人。這種矛盾的心理終於使他決心帶了稿紙到圖書館去，他佔據了一個很理想的位子，靠近牆角，強迫自己專心去寫「大膽姑娘」這個劇本。

最初的時候，他毫無靈感，望著稿紙出神；直至他重新憶起何娜娜的容貌，聲音，和每一個動作，他開始激動起來。這種激動使他不能自已，無法住筆。一天一夜的功夫，他把劇本趕寫出來了。其實他並不是急於要完成它，只是急於要卸下心靈中這個沉重而奇異的擔負而已。

走出了公寓，他後悔沒有問起何娜娜的事。他想見她，想知道更多一點關於她的事。

他沿著衡陽路走到西門町去，他甚至希望會突然碰到她。但，他知道這是不可能的，儘管他的傳奇小說中時常用這種手法，可是在實際生活中他很少遭遇到這種事情的。

「這種自甘墮落的女人，」他忽然在一個黑暗的街角停下腳步，向自己說：「我為甚麼要去想她呢？」

為了生自己的氣，他用急速的腳步回住所去，當他把疲乏的身體投到床上時，他又喃喃起來：

「明天我到公司去便看見她了。」

這一夜也許是過於疲乏，也許是他已決心明天到公司去——這兩天他曾經阻止過自己的——他很快的便熟睡了。他睡到第二天九點多鐘才醒過來，直到他洗漱完畢，趕到昆明街，已經十點過了。踏上梯級時，他想：大概她已經在樓上了。這個思想不知道為甚麼會使他產生一種沒由來的畏懼，遲疑了一下，他終於轉身離開那裏，跑進斜對面一間冰果店去。

他叫了一份水菓，坐在一個可以看見對街的位子上。他忽然從鏡子的反映裏看見自己蒼白而憔悴的面容，他彷彿聽到不知那一位朋友時常說的一句話：

「你缺乏的是愛情啊！」

在這個時候想起這句話是很可笑的，他故意把身體挪開，免致讓鏡中的人看見自己。

忽然，他看見何娜娜走出來了。她今天穿著一件背後幾乎完全裸露的鵝黃色裙服，腳上是一雙黃色的，時下最流行的半高跟尖頭皮鞋，手上的圓形手袋像一隻小燈籠。他看見錢通和黎牧跟在後面；前者有點忙亂地替她叫了一輛三輪車，連價也不講便塞了一張紅票子到車伕的手上，然後恭恭敬敬的侍候她上車。

等到他們反身回到屋子裏去了，麥高緊緊張張地衝出冰菓店，但背後卻有一個尖銳的聲音叫起來了。

「呃——呃……」

他隨即停下腳步，等到那個女人追上來，他才記起自己並沒有付帳。於是他連忙摸口袋。只摸出一張十元鈔票。

「還要找你七塊！」

因為何娜娜的三輪車已經走得很遠了，他只向這個女人擺了擺手，說等一下回來再算，回身便跑。在前面一個公路車站附近，他跳上一輛流動三輪車，命令車伕快點向前面追。

這位三輪車伕不知道是因為車子太重，還是他的力氣太小，他幾乎整個身體離開了坐墊，但車子仍然慢吞吞的向前滑行。過了一條街口，麥高覺得追上前面的車子已無望了，只好吩咐車伕轉到西寧南路去。

他情悔剛才為甚麼要進冰菓店去，但他又問自己：即使讓他追上了她，又怎麼樣呢？

「真是發神經！」他詛咒起來。可是，當車子經過一條路口時，他竟然發現何娜娜的車子向他迎面而來了。驀然間，他生怕自己會被她看見，等到車子過去後，他馬上吩咐車伕轉頭追上去。

何娜娜的車子顯然在昆明街桂林路那邊轉了一個圈子，然後到這邊來的，現在它向著北門口那邊踏去。拉麥高這輛車子的車伕現在明白了，他非常內行地跟在後面，保持著一個距離。

最後，前面的車子在火車站前面停下了。他把車子停在場子的那一邊，然後對著麥高陰笑。

梅多靈下了車，走進車站。麥高想跟進去，但被一個念頭阻止了；同時他想起身上僅有的十塊錢還存在冰菓店，要付車錢，非得回去一次不可。

「怎麼，先生，」看見他又上了車，這位車伕有意味地問：「不釘啦？」

麥高靦腆地笑笑，然後含糊地解釋道：

「哦，那是一個熟人——走吧，回昆明街！」

他回到冰果店，拿錢付了車資，本來打算上公司去看看的，但又變了主意，他覺得自己最近太無聊了，想想昨夜和這個早上的舉動，不禁啞然失笑。

「愛情不是這樣來的！」他冷冷地向自己說：「你只是好奇而已——還是回去寫你的傳奇小說吧，就以她做題材好了！」

麥高從來沒有這樣聽自己的話，他把自己反鎖在房間裏，一連寫了三天。

這三天裏，他曾經關照過房東，要是有人來找他，都替他回絕，說是他不在家。除了吃飯，他幾乎連房門都沒跨出一步。他平常很少有像這種激動——寫作上的熱情，他恨不得一口氣能將這個中篇寫完。在這篇小說裏，根據時下所熟知的傳奇小說的傳統，他將自己寫成愛上何娜娜的那個純潔而不解風情的男人；穿插上動人的情節，幽默風趣的對白。可是，不知道是過於疲乏，還是文思枯竭，當小說接近結尾的時候，他寫不下去了。其實，假如列出公式，那麼傳奇小說的結尾至少可以列出一百種以上，但沒有任何一種他所想得出的結尾是合適的——他認為是合適的！最後，大概稿紙撕得心痛了，他索性在第三天的晚上擱筆思索。就在這個時候，製片人和導演登門拜訪了。

這次，房東太太沒有攔阻他們。因為報紙上登了兩則抑藥自殺的消息，她總覺得麥高這兩天的神色不對。

錢通進了門，話也不說，便在麥高的單人床上坐下，然後喘氣，黎牧挨坐在他的身邊。從神色上，麥高窺出一定發生甚麼重大的事情了。

「是不是房子燒了？」他關切地問。

他們搖搖頭。

「死了甚麼人？」

還是搖搖頭。

「那麼是甚麼事情呢？」他拉過那張獨一無二的椅子，對著他們坐下來。其實，他已經猜到事情一定與電影有關，只是不願先他們說出口而已。

他們互相望了一眼，胖子用沉悶的聲音向身旁的同伴說：

「你說給他聽，這是你負責的事！」

麥高把目光移向黎牧的臉上，黎牧沉吟了一下，終於把頭抬起來。

「何娜娜不能演！」他無力地說。

「為甚麼？」麥高低聲喊道：「是不是她的那個死鬼追來了？」

「不是，她甚麼都不懂！」

「前幾天你不是說她甚麼都懂嗎？」

「外表像是懂，裏面可像我的口袋一樣空！」

「只要外面像就行了，演戲本來就是這樣呀！」

「是的，我知道，寫東西我不行，演戲我可比你多懂一點！儘管外表像，可是沒有內容沒有體驗，這……」

「可是表演死卻不一定要死過吧？」

導演像是面對著一個「ＮＧ」了八十次的演員一樣，定定的瞪著麥高，他巴不得在一分鐘之內讓對方完全了解「電影」。

「你先聽我說，」他用一種抑制的頹聲說：「你叫一個連一次愛情都沒有談過的『小聖女』去演一個風騷女人，你導得出來，她演得出來嗎？」

「你說她連一次愛情都沒有談過？我死也不信──你怎麼知道？」

導演嘆了一口氣。

「我訓練了她兩天啦！我當然知道！」

麥高回過頭去看看始終不發一言的製片人，證實了黎牧的話，於是連自己都糊塗起來。

「她說的都是鬼話！」黎牧悻悻地叫道：「甚麼死鬼活鬼的，都是鬼話──開始的時候我們是給她的外型唬住了，她的假也看不出。這兩天一試，我愈看愈假了。她來來去去只懂得這一套，話是反反覆覆的，動作就曉得學瑪麗連夢露扭扭屁股走路，瞇瞇眼，叫她吸支香煙喝口酒呀，就原形畢露了！」

「那也用不著急成這樣嘛！」麥高說：「她既然不能演風騷戲，叫她演小聖女不就對路了嗎？」

「小聖女？現在誰願意花幾塊錢來看小聖女？」

「我不同意你這句話！」編劇分辯道：「伊莉莎白泰勒不是演小聖女出名的嗎？」

「那是美國，大文豪！而且現在她已經是搶別人丈夫的蕩婦了！」

「那麼尤敏呢？閒話歸閒話，這次不是照樣拿金鑼獎？」

「那是人家大公司花錢捧出來的！」

「這話又不對了！照你這樣說：咱們臺灣的女童星特別獎可沒有花半個子兒吧？」導演講不下去了。製片人眼看話越扯越遠，不得不把主題拉回來。他像一個籃球裁判似的把雙手伸起來，然後息事寧人地說：

「還是讓我說吧！」他深深的吸了一口氣，「老黎也並不是說何娜娜不行，只要有充分的訓練，一定會成功的，可是現在我們的問題就是沒有時間……」

「為甚麼沒有時間？」麥高打斷胖子的話。

製片人又嘆了口氣，他發現這位「大文豪」和那位「宣傳大員」有些地方頗為相似。他想，大概這就是耍筆桿的人的通病吧！

「我這樣說吧——你不是明明知道我們這個公司是空頭公司嗎？」

「那還用說！」

「那麼我們假如要拍『大膽姑娘』，除了編導演員之外，最主要的是靠甚麼呢？」

編劇先生頓了頓，不滿地嚷起來。

「你們把我當做小學生呀！」

「你不管，你先回答我的話。」

「好——要靠人投資。」製片人鬆下一口氣，得意地望了導演一眼。

「對啦，要靠人投資！」他繼續說：「現在呀，投資的人也找到了，劇本也出來了，製片預算也打好了，見面敲定的時間也定好了——就在下個星期一，就是大後天。你想，到那天我們帶何娜娜這個『小聖女』去和老頭子見面……」

「老頭子是誰？」

「投資人——白小姐的老頭子。你想，那種老頭子甚麼沒有見識過，他會相信何娜娜演得好你的劇本裏所寫的那個角色嗎？好了，這一下不就完蛋了！」

現在，麥高算是把整個事情弄明白了。他望著兩個顯得焦慮不安的朋友，然後低聲問：

「你不可以請白小姐向老頭子說因事延期嗎？」

「當然要延期！」錢通大聲喊道：「可是，延期不是治本的辦法呀！」

製片人瞟了導演一眼，這一個動作表明他們到這兒來的目的了。他的神色在幾秒鐘之內發生了一種令人意想不到的變化，很快的便由緊張焦灼而變得緩和輕快起來，同時還堆滿了笑。

「所以我們來了！」

「來了？甚麼意思？」編劇困惑地問。

「我們覺得這個難題只有你能解決。」

「我有甚麼辦法解決？」現在，輪到麥高緊張了，他幾乎要站起來，「除了改劇本，我，我毫無辦法！」

「你有，」錢通微笑著說：「只要你肯幫忙。」

麥高說不出話了，他瞠視著這兩位現在又變得熱望樂觀起來的朋友。

「你別走呀！」

他聽見胖子重濁的聲音說，才發現自己已經離開了椅子，但隨即被一隻手在肩膀上按下去。

「老麥，你先聽我說，」錢通像是害怕麥高會跑掉似的，用左手按著他的膝頭，另一隻手卻像催眠師的銀棒一樣在對方的面前舞動，「這件事情是很簡單的，輕而易舉，我們並不是存心來害你，只不過，我們覺得，只有你才適合演這個角色……」

「你們要我演戲呀？」麥高突然像馬克吐溫筆底下的那隻青蛙一樣跳起來——可是跳得並不高，胖子的手又把他拉住了。

「不幹——我死也不幹——」他吼道：「你們真是睡扁了頭了，怎麼想得出來的——」

「你先別衝動呀，我們沒說要你演戲呀！」

「你剛才不是說，只有我才適合演那個角色的嗎？」

「對！是角色，是演戲……」

「我說過我不幹！」

「可是那不是銀幕上的戲呀！」錢通解釋道：「這場戲呀，是銀幕下面的，誰也看不見，你怕甚麼？」

「……」

「是這樣的，女人在談戀愛之前呀，肚子裏腦子裏都是空空的，毫無內容；等到戀愛一談呀，三兩天就變成專家啦！所以我們想到，只要找一個人去跟她談——你先別急，不是叫你動真感情，來假的，就像演戲一樣！」

「你們為甚麼一定要找到我頭上來呢！」麥高絕望地低喊道。

「不找你，難道找我？」錢通說：「就憑我這副長相，人家隔夜飯都嘔得出來！找黎牧嗎？除非他存心自殺，這兩天他回家之前先在身上打了一遍滴滴涕消毒——怕小乖乖聞到香味！至於我們那位宣傳大員呀，脾氣怪倒不去管它，最近他心裏有疙瘩，在跟我難過，我看得出！」

「所以你找到我了！」麥高軟弱地抬起頭。其實，他心中卻被一個奇異的意念騷擾著，他說不出那是一種甚麼感覺。

錢通誠實地點點頭。親切地繼續說：

「你想，說賣相，你夠資格演小生——性格的，憂鬱深沉那一型的。講身分，孤家寡人，又沒有女朋友，名正言順，絕對不會引出甚麼麻煩。論學問，那更不用提了，一個作家愛上她，她不瘋掉才有鬼——真的，我不騙你，像她這個年紀的小聖女呀，一腦子的羅曼蒂克，你忘了大一的女生，不是一個個都是小說迷嗎？那次徐訏來臺灣，她們就有那份耐心在勵志社門口等上三個早上，為的是甚麼？只是想見見大作家一眼。」

麥高又把頭低下來了。並不是心動，而是在思索另一個問題——何娜娜到火車站去幹甚麼？她住在外縣，還是……

「怎麼樣嘛？」胖子求援地問，然後望了導演一眼。

「這沒有甚麼大不了呀，老麥！」黎牧說：「咱們這件事，成不成，就看這一招了。」

麥高又想了想，然後平靜地問：

「好，你們既然已經發現她的話全是假的，那麼你們知道她的真正身分，對她演戲會不會有甚麼問題？」

「我們有他親筆簽的合同，管她是甚麼身分！」

「合同上她寫的是幾歲？」

「二十一！」

「你看過她的身分證？」

「沒有。」

「好啦！假如她真實年齡還是不足二十歲的話，再加上有父母監護人，合同還不是廢紙！要是碰到人家的家長那個一點呀，說不定還要到法院告我們誘拐未成年少女呢——有一位寫東西的朋友，就差點吃過這種虧！」

錢通突然發現自己從來沒有想到過這個問題，而且再由何娜娜的種種可疑跡象上看，感到事情的確相當嚴重。

「你看她的衣飾打扮，舉止談吐，就知道她絕對不是一個窮人家的女孩子。」麥高說：「那次我就很注意她的小動作——尤其是那雙腳，像是連路也沒走過似的。」

製片人困惱地摸摸下巴，突然，他的眼睛又明亮起來。

「老麥！」他興奮地喊道。

麥高和黎牧被他嚇了一跳。

「對了！」他說：「要是她的家世真的如你所說的那樣，那麼，你這場戲非要演得更精彩一點不可了！」

「……」

「還不懂？」胖子眨眨眼睛，「咱們先把一切丟開，照原來計劃進行！先讓她懂得愛情，愛上你，萬一那個時候她家裏真的出來反對呀——對不起，愛情的力量就可以使她的父母屈服，不答應也得答應！說不定還肯投資兩個錢呢！」

麥高重新把紛亂的思想整理了一下，然後怯怯地說：

「可是我也沒有談過甚麼戀愛呀！」

「沒關係！」黎牧拍拍胸脯，「由我來來替你導演，不過劇情的伏線發展得在你自己安排，我只負責談愛情的場面！」

十四

不管是真是假，愛情永遠是神妙的。它剛碰到梅多靈的唇，她便醉了。

這幕「戲」的進展，比他們所預期的更為預利，兩天功夫，梅多靈便睜著她那雙「夢的」眼睛，深墮情網了。嚴格點說，黎導演對這幕戲處理的「手法」相當拙劣，甚至差點誤了事——他性子太急了，他以為只要用三幾個十來尺長的鏡頭便可以交待清楚的；但真實生活和電影完全是兩回事。電影可以用「多少年後」一張五六尺長的字幕便可以越過十年八年，甚至一兩個世紀，可是真正的人生卻不同，有時為了索取一個輕輕的吻，就得浪費一生。

不過，儘管麥高和梅多靈這幕愛情的戲是「戲」，卻帶有濃重的浪漫主義色彩——人生本來就是這樣的！因為他們都是人，而且都是年輕人；再加上梅多靈對麥高的印象本來就有那種「奇異感」，而麥高對她呢，他第一眼便愛上她了，只是他不知道那就是愛，不敢承認那就是愛而已——他開始明白，那幾天的逃避，其實並不是為了趕寫劇本，而是為了愛！要表明要證實自己的愛！人類的行為，有時就是這樣幼稚可笑的。

「戀愛」的第三天，也就是約定讓老頭子見見梅多靈的那一天，梅多靈一早便帶了一份狂喜的心情到公司裏來了。麥高大約比她早到兩個鐘頭。公司裏一個人也沒有，整層樓只有他們兩個人。

「早，娜娜！」麥高用一種微微在抑制的聲音喊道。

「早！」梅多靈用一種輕快的步子走近他，「不要叫我娜娜——叫我打令！」

「打令？」他囁嚅地唸著：「我連看外國電影都怕聽這種叫法！還有甚麼『汗泥』水泥的！」

她笑了，臉靠得更近，他感覺到她急促的鼻息。

「我說的不是英文呀！」她更正道。

「打令不是英文是甚麼文？」

「是我本來的名字。」

「見鬼！」他用鼻子輕輕的碰碰她的鼻子。他恨不得要在她的臉上咬一口。

「真的，我不騙你，打令是我本來的名字。」她說：「只不過是音同字不同。」

「不要告訴我，」他阻止她說下去：「不管何娜娜是真是假，我只想記住一個名字——一個名字已經夠了！」

「好吧！」

他們在大沙發上坐下來，互相默默地望著，都不說話。

經過兩天的相處，他發現她的純潔實在到一個可怕的程度——甚至連可怕這兩個字都不能確切而充分的形容。她的每一句話，一舉一動，都使他心動，令他心痛，因為他愈來愈不明白她這些作為的真正意圖。他怕自己會發現她本就是這樣的一個虛榮而輕浮的女孩子，雖然他知道那是不可能的；同時，她愈那樣，他愈發現自己的醜惡。

但，梅多靈沒有覺察到這一點，她像每一個初戀的女孩子一樣，迷惘、瘋狂、同時挾著一種無以名之的昏亂，她的眼睛裏，只看見他——麥高，這位出現在她夢裏的騎著白馬的王子；她的耳朵裏，只聽見他的聲音；她的心裏，整個的被他佔據了。她怕自己愛得不夠，笑得太少，因此每當他們單獨在一起時，她便呆呆的望著他，像是每一秒鐘內，都會有一種新奇的東西被她發現似的。

「別老是這樣望著我呀！」他笑著說。

「啊，我在望著你嗎？」她用一種低緩的聲調回答：「我不知道自己為甚麼總是喜歡望著你，如同——」

他連忙用手指貼在她的嘴唇上。

「不許背我的小說裏的句子！」他制止道。因為這兩天裏，她幾乎把他所出版的幾部小說裏的對白全部背出來了。就如同她來報名時．「飄」和「琥珀」裏的對白一樣。

「妳應該說一些妳自己的話。」

「我沒有自己的話，」她深情地回答；「要是有，也只有一句，我只想得出這一句。」

「就是半句也應該說呀！」

「我已經說了！」

「什麼時候？那一句？」

她突然捉住他的雙臂，像二三十年前電影裏的愛情場面一樣，她拖著聲調唸道：

「我愛你！我……愛你！我愛——你……」

「好了好了，」麥高的汗毛一根一根的豎了起來，他連忙阻止她說下去：「妳……還是背我的小說吧！」

他們又呆呆的坐了一會兒——應該說呆呆的對望了一會兒，梅多靈微微的吁了口氣，問道：「黎導演這兩天為甚麼不再訓練我了呢？」

「他認為妳已經用不著訓練了！」麥高也微微地吁了口氣，用同樣的聲調回答。

「那麼片子馬上就可以開拍了？」

「嗯，馬上——娜娜！」

「叫我打令，要不然，就把那兩個字唸輕一點。」她又挨近他，「馬上是甚麼時候呢？再不拍，我可要變得神經衰弱了，我晚上總是睡不好——現在除了這部片子，我還要想你！我想你的時候，時常這樣想；現在他是不是也在想我呢？假如有一種發明，可以讓我們互相看見，那多有趣！」

「嗯，很有趣，不過……」

「錢先生不是說今天就可以決定的嗎？」她又問。

「是的，他馬上就要來了——但是娜娜，妳先聽我說……」

麥高這邊的話還沒有說完，錢通已經推門進來了。

「啊，」他裝出一個抱歉的表情，「對不起對不起！」

麥高急急地迎上去，把胖子推到門外面，然後認真地說：

「在你帶她去之前，給我一刻鐘時間，我要問她一句話——她回答了，你再把她帶走！」

「沒關係，」錢通回答：「別說是一刻鐘，再說兩天也有時間。」

麥高從胖子的語氣中聽出其中的蹊蹺，於是拉住他的手，低聲問：

「怎麼，事情變啦？」

「不是變，」製片人平靜地回答：「改期了！」

「為甚麼要改期？」

「老頭子這兩天情緒欠佳——因為他自己生意上的事，所以白小姐索性改到星期四，免得受到影響。」

「我看這件事情並不那麼簡單，」麥高沉吟片刻，淡淡地說：「而且白小姐對這件事情像是不太熱心，也許她有甚麼困難吧？」

「你怎麼知道？」錢通低促地問。

「我只是有這種感覺而已，」麥高回答：「比方說，到今天為止，她還沒有見過娜娜呀！」

胖子鬆下一口氣，笑起來。

「哦，我還以為是甚麼呢！你誤會了，她對這件事呀，比我們更心急呀！你不知道……」他本來想把白爾薇的那個陰謀說出來，但又忍住了，「——總之呀，她一切都相信我的，她用不著見面，心裏早就有數了！」

梅多靈忽然在門內探頭出來。

「你們在談甚麼秘密呀？」她喊道。

「沒有秘密——好啦，」錢通擺擺手，「你們繼續談吧，我先走了！去打字行拿劇本送審，下午見！」

錢通走了之後，梅多靈向麥高問起劇本的事，因為「大膽姑娘」的劇本她還沒有讀過。

「劇情是怎麼的？」她問。

他猶豫了一下，然後困難地回答。

「就是，呃——就是描寫一個女孩子很大膽。」

「那還用你說！我問的是它的故事。」

麥高說不下去了。他能夠把那個荒唐故事告訴她嗎？當他想到自己所寫的那些近乎色情的「戲」時，他的臉驟然紅起來，因為讓梅多靈去演這個角色，唸這些對白，簡直就是一種最可恥的侮辱。

「怎麼不說呀！」她催促道。

「嗯，太長了，」他掩飾地回答：「還是看劇本吧，反正已經印好了。」

「你覺得，我能夠把這個戲演好嗎——我以前的那個死鬼就說過……」

「娜娜！」

「哦，」她做作地笑了笑，「好，我以後絕對不在你的面前提起他。」

麥高無可奈何地搖著頭，他恨不得馬上把她所說的每一句謊話拆穿，讓她恢復本來的面目，可是，他又怕這樣做會傷了她的自尊心，反而把整個事情弄糟。

「你像是有甚麼話要跟我說似的，」她偏過頭來說：「那麼說呀！」

他沒有說，只是定定的望著她。突然，他一把將她抱住，直至他臉上有一種微癢的感覺時，他才發現已經吻了她，而她卻哭起來了。

他吃驚地搖撼著她的身體。

「娜娜，妳怎麼了？」

「叫我多靈！」她把頭靠在他的胸前，喃喃地喊道：「我告訴過你了，我的名字叫做多靈！」

「是的，打令！」他順從地重複著，然後再去吻她。

等到這一個長吻在窒息中結束之後，他們對望著，在這一瞬間，他們都有一種急於向對方傾吐一些甚麼的激動，而且在同一個時候搶著開口。

他們把話頓住，會心地笑起來。

麥高向四周望望。這裏雖然是一個製造夢實現的場所，但在這個時候看來，他覺得充滿了罪惡。他奇怪自己為甚麼在愛上她之前一點也感覺不到。

「走吧，」他向她說：「我們到別的地方去！」

「到甚麼地方？」梅多靈低聲問。因為她覺得這兒是一個最安全的地方。

「到一個只有我們兩個人的地方。」他回答。

「現在這裏不是祗有我們兩個人嗎？」

「是的，只有我們兩個人，」他說：「可是，我總覺得他們就隱藏在我們的後面，我們像是在演戲！」

她望著他，不能理解他的話。當他發覺時，她忽然緊緊的捉住他的手。

「麥高，」她沉肅地問道：「我們不是在演戲吧？」

他怔了一下，隨即有點慌亂地回答：

「當然不是！妳知道我是真的，從妳第一天到這裏來，已經註定我會愛上妳了！」

「你的小說上寫過這句話嗎？」

「沒有！」

「我以後會出現在你的小說上嗎？就像你那篇……」

他用手捫著她的嘴。

「可能出現！」他說：「不過，不是魏勒潛這個下流胚子寫的，是麥高寫的——魏勒潛只能寫些交際草，咖啡舘女郎，酒女，那些壞女人，寫不出像妳這樣的女孩子！」

「可是我是一個壞女人呀！」

「妳不是，我知道妳不是，妳瞞不過我的。」

「那麼你對我所說的話，完全不相信了？」

「我只相信我愛妳，妳愛我！」

她幸福地又把頭埋在他的胸前。

「走吧，」他撫著她的肩說：「我們到郊外去，我要把心裏的秘密告訴妳。」

「你已經告訴我了！」她天真地接住他的話。

「我告訴過妳甚麼？」他問。

「你愛我！」

他笑著搖搖頭。

「你不愛我嗎？」她睜大眼睛，低促地問。

「愛！」他真切地回答：「不過不要把這個字說得太多，因為我愛妳，所以我覺得我必須要把那個秘密告訴妳，我才安心！」

「我也是！」梅多靈虔誠地把眼睛閉起來，「我也要把我的那個秘密告訴你，不然，我也不安心！」

但是，等他們到了碧潭，兩人沿著石堤向前走的時候，卻又變得無話可說了。由於在臺北等車的時間等得太久，影響了他們的情緒，再加上一段沉默的旅程讓他們冷靜地考慮，他們終於互相都沒有把自己的秘密說出來。

他們緩緩地走著，沒有說話，偶爾也會偏過頭來望望對方，但那是是毫無意義的，他們被他們自己的思想佔據著。

走到盡頭，前面是一片石灘。他們停下腳步。

半晌，梅多靈終於用迷惘的聲音說：

「愛情就是這樣嗎？」

「甚麼樣？」他凝望著前面問。

他可以聽見她輕輕的吁了一口氣。

「我不知道！」

他回過頭來望她，她的臉在陽光下顯得更加明麗，眸子裏閃爍著一種柔和的光澤，使她的整個神態浸潤在一層靜謐而甘美的幸福中。

他的靈魂微微的顫慄起來——他突然覺得她開始離開他了，升高了，使他意味到一種神奇的距離感。

「多靈！」他喊她的名字，因為在車上她曾經把這兩個字寫在他的手心上。

「喊我打令！」她認真地懇求道。

「妳不是要我喊妳的名字嗎？」

「但是現在我要你喊我的名字和另一個意義的聲音！」

「妳的名字本來就有那個意義！」

她笑了。然後天真地拉起他的手。

「感謝上帝，」她說：「現在你說話了！你不知道，你不說話的時候，我心裏多麼害怕！」

「妳怕甚麼？」

「怕你不喜歡我！你是第一個喜歡我的人，你相信嗎？」

「以前的那些『死鬼』呢？」他故意問。

「哦，」她低下頭，「那不同，他們喜歡我都是有目的的，不像你——因為你明明知道我是那麼壞，而還要喜歡我——你怎麼啦？」

麥高扭轉身。她的話刺傷了他。

「我們回去吧！」他用沉悶的聲音說，開始向前走。

她連忙追上去。

「你怎麼啦？」她問：「是不是因為我……」

他無可奈何地把腳步停住，面對著她，困難地說：

「多靈，妳不應該喜歡我！」

她怔了好一陣，才低聲問：

「為甚麼？為甚麼我不應該喜歡你？」

「沒有為甚麼，不……不應該就是不應該！」

「……」她注視著他，說：「哦，我知道了……」

「妳不會知道！」他生氣地截住她的話：「不要亂猜！妳根本沒有看清楚我卑鄙的壞蛋！」

「……」

「走吧，我送妳回去！」他燥暴地伸手過去拖她。

她被他這種突如其來的意態嚇住了，呆呆的跟著他走。

返回臺北，直至下了公路車，麥高才開始說話。

「再見了！」他簡短地說。

梅多靈傷心得要死，但她極力抑制著，勉強裝出一種毫不在乎的神氣。

「我們不握握手嗎？」她把手伸出來。

他終於接住她的手，他發覺她的手很冷，而且在顫抖。

「王爾德說錯了一句話，」她忽然用一種奇異的聲調說：「他說男人和女人因了解而分開——可是我們根本還沒有了解呀！」

他忘了這句話是不是王爾德說的，但這無關重要，目前他只希望能夠順利的離開——沒有眼淚，含著笑離開。

他不回答她的話，只是望著她。

她淒然地笑了，聳聳肩膀。

「這樣分別也很美的，」她輕聲說：「小說和電影上好像還沒有過這種場面——你不是說可能寫到我嗎？那麼你就這樣寫好了：他們默默地對望著，最後，她回轉頭走了，沒有說再見！」眼淚已經在她的眸子裏閃爍了。「他們知道，他們不會再見了！他望著她的身影，漸漸走遠，漸漸走遠，最後她消失在他的生命中了！這個時候，他才低低的喊她的名字……」

「——多靈！」他制止不住地喊道。

她搖搖頭，開始一步一步的向後退。

「就這樣好了，」她說：「望著我！看不見我的時候再叫我！」

她就這樣向車站那個方向走掉了。麥高突然被一種難以解釋的悲愁攫捉住。他緩緩地回轉身，向前走。但才走了一小段路，他又頓住了。他忽然想到她會去自殺，報上時常有這一類消息的。他愈想愈覺得可能，於是連忙追到車站去。可是梅多靈已經走掉了。這一次，她並沒有把身上那一套衣服換下來，便叫了一輛三輪車回家去。她已經準備為她的「失戀」好好的悲哀一番；同時還要在日記上記著今天他們所說的每一句話。

麥高找不到梅多靈，終於又找了很多理由安慰自己，然後漫無目的地沿著延平北路向臺北大橋走去，他在橋欄上沉思了一陣，再順著河堤走到西門町；最後，當他回到住所時，已經酩酊大醉，而且很晚了。摸進了房門，扭亮了電燈，他一眼便看見書桌上擺著兩本裝訂得非常考究的大書冊，粉紅色圖畫紙封面，原來是錢通送來的「大膽姑娘」的油印分場對白劇本，劇本下壓著一張紙條：

老麥：好消息！老頭子決定明日午後三時與娜娜見面，前途極為樂觀，盼明早至公司，商議一切。

晚安錢通留字

麥高撕碎了條子，喃喃地唸道：

「前途極為樂觀，繼續作夢吧——我可要把眼睛睜開了！」

他睜開眼睛，便看見梅多靈和愛情的標記：那是他用紅筆寫在日曆上的一個心，就在那個最值得紀念的日子上。

「我一定要給她一封信，向她解釋！」他認真地向自己說。

十五

梅董事長的突然改變日期，並不是因為他的情緒好轉，實際上，無論在商業或者在情感上說，這正是一個最惡劣的時期。最近，由於他的大意，結果一筆相當有把握的大買賣竟為一家與他競爭最烈的同業搶了去；而這失敗又牽涉到他那分居的妻子的身上；因為他們雖然分開，但他的公司仍然有三分之一是屬於她的。為了這件事，他不得不和她通了一次電話，但對方非但沒有半句怨言，同時還對他加以勸慰——其實，這些溫和的語句比詛咒更使他難受，他又想起許多幾乎被自己淡忘的往事。

就在這個時候，白爾薇也忽然變了主意。由於「決定」的時間愈迫近，她也跟著愈來愈冷靜下來；從這兩年梅老頭子對她的態度而演變至今日的情勢，她覺得自己像是泥足似的深陷下去了——當時她可以說是甘願陷下去的，完全是為了面子，他對她太好，不好意思拒絕。可是現在她突然想到：這次事情如果真的成功了的話，那麼她「欠」他的便更多了；到了那個時候，豈不是更糟嗎？於是，在那個晚上——梅老頭子與分居的太太通完電話，情緒最惡劣的時候，她真正的向他攤牌了。

她以為他聽完自己的話一定會大怒狂吼，結果不然，他反而變得平靜而安詳。

「讓我明天就看看你們那一位何小姐吧，」他笑著說：「不要以為我這樣做是附帶有甚麼條件的，我知道總有一天妳會離開我的——不要說抱歉的話，我今天很疲倦，我要回家去休息一下。妳就跟他們約定在明天下午三點鐘好了。」

白爾薇回到公寓，她本來想把自己的心意坦白說出來，讓錢通他們打消那個計劃，可是她又不忍心令他們失望；同時，她知道，即使真的打消了老頭子也不會答應的，他有他的尊嚴，再難過他也會堅持下去，她了解他的個性。所以，她只淡淡地把提早的時間告訴了製片人，便藉故早睡了。

錢通得到這個消息，興奮得渾身發抖，他一面去通知黎牧——他也顧不得小乖乖的懷疑，拖了導演到門口咬了半天耳朵，然後趕到麥高那兒去，最後，他返回公寓，一直等到嚴以正回來。

「明天下午，你一定要到公司來！」他向記者說。

「又有甚麼大新聞？」記者以其一貫的口吻問。

「大膽姑娘簽字了！」

「真的？」

「就是因為怕你不相信，所以請你去看！」製片人為了表示風度，補充道：「不過，你最好上午就來，咱們先開個圓桌會議……」

「方桌吧！」

「為甚麼？方桌五個人怎麼坐？」

「我退出了！」

「在成功之前退出？——真偉大！」

「胖哥，」嚴以正虔誠地說：「咱們是兄弟，你應該了解我的苦衷，為了公司的事，我得罪了好幾位同業。」

總而言之，嚴以正非常懇切地申訴了一番理由，說明他非要退出不可，他最後說：

「同行是冤家，那一行都是一樣！」

錢通思索了一下，沉肅地問：「你已經決定了？」

「早就決定了，上一次我不是已經……」

製片人輕輕的嘆了一口氣。

「那是沒有辦法的事情，」他說：「你一定要退出，他們曉得了一定會不舒服，不過，在精神上說，仍然和我們在一起的

「那當然，只要我辦得到，我照樣常忙。」

「好——那麼明天你是不是可以以新聞記者的身分，到公司來採訪一下呢？」自動辭了職的「宣傳大員」考慮了幾秒鐘，然後慎重其事地舉起他的右手。

「我一定來！我一定來！」

這一夜，平常難得作夢的錢製片做了一夜的夢。夢裏，「大膽姑娘」已經完成了，而且還得到「最佳外國影片」的奧斯卡，是他親自上臺領的獎；頒獎給他的那位男明星他叫不出名字，好像最近臺北上過他的影片。在酒會裏，彷彿是大衛•塞士尼克過來和他握手，說：「老兄，你比我行」——哦，他是和娜娜一起去的（娜娜似乎換了一個甚麼名字，不是叫娜娜），她風頭之健，使外國的BB和GG們大為失色，吃過大葱要和李麗華接吻的維多麥丘非要請她重拍那部影片不可，希區考克認為她最適宜於拍恐怖片，後來米高梅索性把她羅致進去，於是他便乾脆以經理人的身分也留在美國，償了宿願。但他醒來的時候，卻

睡在自己那張床單不怎麼乾淨的床上，已經是早上九點鐘了。

他坐起來，心裏有點懊惱，因為這個夢太短，美國有許多地方他還沒去過，好些東西還沒有吃過——嚐嚐苦艾酒、魚子醬等等。

「以後還是有機會的！」他安慰著自己。忽然他又記起夢中何娜娜換了個甚麼名字，難道這是一個預兆嗎？最近有些人閒得無聊，在熱中於名字命運學，幾筆幾劃配幾筆幾劃，而且還能舉出很多名人和沒有好下場的政客惡徒為例。可是，直至他趕到公司時，仍然想不起來。

九點三刻不能算早了，但辦公室裏空空如也。他在自己的大轉椅上坐了一會，想起似乎要買點東西來把這個寫字間裝飾得更「藝術」一點，同時為了招待老頭子，也得準備一些茶點之類的東西，免得別人說他們太寒酸。

打定了主意，他在桌子上留下一張便條，便出去了。

大概製片人走了不到十分鐘，辦公室的門被輕輕的推開。進來的卻是憂愁的梅多靈。她的臉色有點蒼白，因為昨夜她失眠了。失眠對於她是一種神妙的經驗，她不斷地向自己說：

「愛情就是這樣的啊！」

小說裏的女主人翁，不是每一個人都為愛情而失眠的嗎？而且，她還失戀了——在小說裏從未有人寫過的一種怪異的情況之中失戀了。現在，她雖然感到有點困倦，有點憂傷，但愛情的那種神秘感仍然使她陶醉，那是一種酒和橄欖的感覺。

她覺得她必須要再見麥高一次，她認為昨天說出那種話是由於天氣，環境，或者甚麼不正常的刺激的影響，今天他也許會後悔而改變過來的。

「至少，」她向自己說：「我要再問他一次，假如他仍然說我不該愛他的話，那麼我再回去找恨他的理由！」

可是，辦公室裏竟然沒有人。錢通留下的便條使她相信麥高和黎牧馬上就要來了。她在靠窗的沙發上坐下，看看第一次看見麥高的地方，嘴角掀起一絲苦笑。

就在她正開始回憶的時候，黎牧帶著他那易於激動的心情來了，

昨夜錢通走了之後，小乖乖旁敲側擊地「審問」了他一夜，幸好這些日子裏來，他早已計劃好種種「應變」的準備——包括種種不同的情況的，所以，總算是讓他含糊過去了。今天早上，他故意睡得遲一點，表示自己沒有事，等到將近十點時，他才借故溜出來。為了安全起見，他先向製片廠那個方向走去，然後在公共電話亭打了一個電話給廠裏的老楊，拜託了兩句，才繞道到西門町來。

他走進寫字間，看見只有梅多靈一個人安安靜靜的坐在那裏，覺得奇怪。

「他們的人呢？」他問。

「我來的時候這裏就沒有人——不過錢經理留有條子在桌上。」

黎牧過去看了條子，便過來在梅多靈左旁的沙發上坐下。這時，他線發現她今天的服飾很素淡——素淡得不像那種女人，而且，滿臉含愁。

「娜娜，」他低聲問道：「妳不舒服嗎？」

「我沒甚麼。」她低聲回答，然後低下頭看著自己的指甲。

沉默了一陣，導演先生覺得有點不對。自從他差點把她和麥高的「戲」導「砸」了之後，他只好聽從他們自由發展，而且很少有機會和他們見面。因為他得廻避一下，造成讓他們能夠單獨在一起的機會。知友莫若友，他承認自己是最了解麥高的，他不相信麥高在談情說愛這一道上有天才——甚至可以說對這一門最糟；他以為麥高只會紙上談兵，幻想……

他看了看錶，十點半了。他忽然有一個怪念頭。他想：何娜娜跟麥高究竟「愛」到甚麼程度？她已經「懂」得多少？對今天來說，是非常重要的。他覺得趁著這個機會，他有「考」她一下的必要。

他做事向來是性急的，想到就做。他隨即坐到梅多靈的身旁去。

「娜娜！」他用手輕輕的撫著她的肩膀，用一種低沉而富有感情的聲音喊道。

「唔。」梅多靈困惑地回過頭去望著他。

黎牧先確定了一下自己目前所串演的角色，然後有意味地問道：「妳覺得麥高這個人怎麼樣？」

她望著自己的肩頭，但他故意不把手收回，於是她用一種並不損害對方尊嚴的動作下把它擺脫開。

他淡淡地笑笑。

「你覺得他這個人怎麼樣？」他再問。

她想說，但又低下頭。

「他很好！」她終於輕聲回答。

黎牧覺得她的回答有問題。他想：假如不是他們在鬧彆扭，那就是說麥高根本毫無進展。可是她的神態又表明了他們已經發生了些甚麼事情——不愉快的事情。於是，遲疑了一下，他否定了她的話：

「我聽得出妳在說反面的話。」

她抬起頭來望著他。

「他已經告訴你了？」她急切地問。

「嗯。」他假作淡漠地點點頭。

「那麼你還問我幹甚麼？」

「我想知道你對他的感覺。」

「他應該比我更清楚呀！」

「可是我不清楚。」

「這件事對你有甚麼關係呢？」

導演覺得由於「劇情」發展的關係，他的角色要有所改變了。他裝出一副「壞蛋式」的猥褻的微笑，然後，閉了閉眼睛，同時又把他的手拿起來，放到她的肩膀上。

「難道你始終不知道，我也關心妳嗎？」

她幾乎不敢相信她所聽到的話。

「現在我坦白點說，」黎牧繼續唸著他的臺詞——那是一部甚麼蹩腳片子裏的對白：「我妒忌！我恨！妳早就應該從我的眼睛裏……」

「導演！」她惶惑地要站起來，但他把她按住了。

「不過，這樣也好，妳總算是了解他了……」

她用力推開他緊逼過來的身體，開始有點生氣了。在一陣劇烈的驚駭過去之後，一種本能使她勉力鎮定下來。她小心地控制著自己的呼吸，把身體退縮到沙發另一邊的靠手上去。她機警地抓住他向前移動身體的空隙，陡然跳了起來。

「導演，你把我看錯了！」她咬著牙齒說。

「完全正確！」他跟著站起來，就像一般電影上的手法，他一步一步的前進，她一步一步的後退。

「妳要曉得，我的相貌和身材雖然不夠英俊，但是我比他可靠，比他懂……」

他可以看得出，她幾乎要哭出來了。她的嘴角顫抖著，瞳孔張開，這副神態假如出現在銀幕上那真是太精彩了。現在不是流行恐怖片嗎？他想：下一部片子……

「導演，」她退到角落上了，忽然用生硬而顫抖的聲音問道：「是不是一個演員必須要……要這樣——呃，是不是一定要和你……」

黎牧幾乎要放聲笑起來，他覺得她「考」得太棒了，他甚至發現她對表演有驚人的天賦——她的眼睛，一雙最適宜於拍大特寫的眼睛，就在他要退後兩步，宣佈她已及格時，背後的門突然發出一個沉重的聲音。他回轉頭，看見闖進來的是激動得發狂的小乖乖。

時間，思想以及一切，突然被凝固了。黎導演醒覺過來的第一個感覺，就是臉頰上一陣火熱，繼之而起的是震耳欲聾的，尖銳的，狂暴的咆哮聲。

小乖乖就像那些患風濕症病人的骨節之對於氣候一樣的敏感。儘管黎牧對「五傑」公司的事防備得如何嚴密，可是她已經發覺到丈夫最近的神態有點不大對勁兒了；等到昨晚錢通的突然來訪，她便肯定其中必有隱秘。依照她以往的慣例，她裝得比他更自然，然後跟蹤著他到公司裏來。剛才黎牧和梅多靈的一幕戲她完全聽到了。她本來就有驚人的記憶力，她隨時可以出某年某月某日黎牧做過甚麼事，說過甚麼話，因此她對他們的對白連半個字也沒有遺漏，她本來想等到最緊要的關頭才進來的，可是她實在按捺不住了。她作夢也沒想到自己的丈夫竟然是這樣一個無恥下流的男人。

現在，她狠狠的打了黎導演兩個耳光，也忘了自己曾經詛咒過他甚麼話，然後，她像一頭飢餓的母老虎一樣撲到梅多靈的面前來。

「妳這個不要臉的臭女人！」她吼道：「外面滿街都是男人呀！妳為甚麼……」

她正要想伸手去扯被嚇呆了的梅多靈的頭髮，黎牧在她的身後拉住她。

「小乖乖，妳先把事情弄弄清楚呀！」他急急地說。

「還不夠清楚嗎？」她狂亂地掙扎著，「你多關心她呀！多可靠呀！多懂呀——放開手！」

他的手突然被她一吼便鬆脫下來了，她順勢又是一下耳光。

現在，梅多靈算是微微找到一點頭緒了，她的身體雖然比這個小女人高大而結實，但是對於打架卻沒有經驗。她很快的便繞到大寫字桌那邊去。

「妳別跑呀！」小乖乖連忙攔住她，威嚇道：「妳今天跑不了的！甚麼人不好勾，勾我的男人！老娘給妳看點顏色！」

「乖你的鬼！你識相的話，別拉我！我先收拾了她再來收拾你！」

「小乖乖……」

「妳先聽我解釋呀！她……」

她們繞著辦公桌轉，黎牧呆呆的望著她們，失了主意。當他看見小乖乖的第一眼就失去主意了。現在他只覺得天旋地轉，最好能夠有一種力量——像原子彈一樣，毀滅掉一切。

梅多靈轉了兩個圈子，被甚麼梗塞著的喉管才開始發出一種類乎呻吟和求救似的怪聲。小女人仍然氣勢洶洶地用最惡毒最難聽的字眼咒罵著……

梅多靈一不小心，突然被沙發的靠手絆倒，當情勢最危急的時候，辦公室的門第三次被推開了，手上拿著一封解釋信的編劇先生衝了進來。他在街上便聽到了吵鬧聲。他呆了半秒鐘，便向梅多靈跑過去。

「多靈，甚麼事情？」他扶著她，低促地問。

「甚麼事？」小乖乖嚷起來：「不要臉，你去問他們！」

麥高不知道撕碎了多少信紙，直到窗外透亮，他才把那封三千字左右的，像以前寫詩一樣對每一個字眼加以錘煉過的「自白書」寫完。在這封信中，他公開了整個事實的真相，他覺得只有這樣才能心安；當然，他宣示著自己的愛情是真實而虔誠的，但他不配去愛她，他會永遠為她祝福。寫好信，他開始撕碎「大膽姑娘」的劇本，由於撕得太認真——就像在中學時他們演出「賣火柴的女孩子」時老師要他們撕雪片時一樣，所以花費了很長的時間。等到劇本撕了，他便拿著信趕來公司，準備向另外那幾位「在作夢」的巨頭怪傑們宣佈他的決定「洗手不幹」了。

現在，他扶著臉色慘白，渾身顫抖的梅多靈，眼睛從因暴怒而癲狂的小乖乖的臉上回過來。

「不要臉？」他喃喃道：「甚麼事情不要臉？」

當前的情勢，除了先知和大智，才能夠在未加以詳細解釋之前了解其中所發生的事故。黎太太又開始用快速得聽不出聲音阻咒了。麥高無心去聽，他目前惟一關心的，就是要看看梅多靈，把手上的信遞給她。

「這是我給妳的信，」他懇切而平靜地說，就像沒有發生過甚麼事情一樣，「妳會原諒我昨天所說的話嗎──拿著，拿回去再看！」

梅多靈這幾分鐘裏所經歷的，比但丁煉獄裏的一世還長，而且可怕。真切點說：她只差沒有昏厥過去而已。黎導演那猥褻的嘴臉，這個小女人的暴怒和癲狂，使一切都混亂了，她不能理解，沒有膽量接受。她無意識地拿著信，她根本沒有聽清楚他剛才說了些甚麼──甚至她認不出扶著她的這個人就是麥高。

因為麥高保護著這個「爛女人」，小乖乖把目標轉回丈夫的身上。黎牧的舌頭結住了，思想停頓了，心臟也像是縮小得已經失去了一樣，他只剩下視覺，以一種無可奈何的神態瞠視著這個尷尬而歪曲的現實。思想忽然又回來的，他突然想到「我要活下去」的白蓓拉葛蕾涵──她在法庭上面對著答應為她作不在現場偽證的人竟是警官時的那一幕……

──那是完全絕望的，永遠解釋不清，誰肯相信？蘇珊海華雖然無罪，不是也要進煤氣室嗎？他希望自己也能馬上就進去，他甚至開始羨慕她了：那位叫做西蒙奧克蘭的記者雖然以報導殺害了一個無辜的女人，但他卻用另一種「報導」獲得了普立茲獎金和好萊塢的電影版權費；而蘇珊海華也在第四次競選失敗之下贏得了奧斯卡；只有他，黎牧，自負，充滿了理想，未來的權威大導演最不幸。他後悔為甚麼當時不娶小朱——那位對甚麼都不在乎的女同學。

這邊叫嚷得正熱鬧，那邊的梅多靈清醒過來了。小乖乖因為她的對手不作聲——根據她的邏輯，那就是默認的表示，她又向梅多靈跑過來。

「多靈，是甚麼事呀？」麥高緊握著她的手，急切地搖著問。

「打令！」小乖乖怪腔怪調地譏誚道：「剛才她還叫他打令呢！」她指著像一根木頭豎在那兒似的黎牧。

「打令！」梅多靈把最主要的一句話迸出來了。

「他，他調戲我，」她哽咽起來：「她……她便進來了……」

麥高現在完全明白了。他緩緩地回轉身，走到黎牧的面前，頓了一下，然後使出他所能使出的力氣，一拳向他打過去。

黎牧沒有想到麥高會打他，因此這突如其來的一拳便將他打倒了。

「黎牧，你真夠朋友呀！」編劇痛恨地詛咒著，接著又是一拳。

導演用不著麻煩化裝師，眼睛隨即黑了一塊。假如剛才他希望能死掉而沒有死的原因是他不夠虔誠的話，那麼他現在真正的毫無保留的企求著立即死了。他並沒有還手，只是困難地嚷著，打著毫無意義的手勢，希望這位因暴怒而紅著眼睛，而在顫抖著的朋友能聽他的解釋，可是麥高已經失去了理智，他並沒有停下他的手。

在這個突然轉變過來的情勢下，小乖乖楞住了，緊接著，她本能的過去幫助和保護她的丈夫——這幕戲的高潮跟著便被推上頂峯了。

幸好在快要鬧出人命案之前，辦公室的門第四次開了：這次進來的是製片人和卸任的宣傳大員。錢通在路上並見了他，便硬拖著他來。現在，經理慌亂地放下手上的東西，奔過去把纏打著的人拉開。他完全忽略了那邊角落上還站著被凝固的梅多靈。當他拉開了他們，從他們那斷斷續續的告發和申辯中明白了所發生的事情時，他故意大聲狂笑起來——這是他的一種手法，很有效的一種手法！果然，他們都不說話了。

「大嫂！」他認真地湊近小乖乖，說：「妳完全搞錯了！甚麼那個愛那個，那個調戲那個，都是假的呀！」

「假的？」小乖乖困惑地重複道。

「當然是假的！」錢通並沒有注意到麥高的臉色，繼續大聲說：「那個小姑娘是我們找來的演員，因為甚麼都不懂，所以我們叫老麥假裝去愛她，然後……」

胖子把話頓住。他們跟著回轉頭。梅多靈美麗的眼睛張大得駭人，她瞠視著他們。

「哦——假的！」她用非常清楚的聲音唸著。

像死一樣的沉寂。然後，一個聲音在空氣中爆裂。

「你們這一群騙子！騙子！」梅多靈用力地顫動著她的雙手，手上的那封信發出一種震動的響聲，然後蒙著臉衝出這間辦公室。

錢製片愈來愈笨重的身體跌在椅子上。

「完了！」他摸著自己的額頭，無力地說：「完了，馬上送我去臺大醫院，中心診所，甚麼地方都可以——我……我的血壓……」

十六

風雨過去了，這個戲的最高潮也過去了。如果是悲劇：那麼錢通腦冲血，一命嗚呼；黎牧和小乖乖離了婚；梅多靈傷心之餘，跳了淡水河，或者到中華路平交道臥軌；那麼那個多情的麥高呢，肉麻一點便殉情，「文藝」一點便看破紅塵，做神父——不能寫做和尚，那種思想對讀者像是已經過時了。

但，真實的人生大多數的時候是毫無「戲劇性」的，而且缺乏道德的幽默感；它會讓一個吞了毒藥再跳海自殺的人被鯊魚吃掉，也會讓剛中二十萬大特獎的人一出臺灣銀行的大門便被巨富的寶貝千金看中了。

幸好「五傑」公司裏所發生的只是一個鬧劇——一個描寫一群追尋「夢」（包括事業、金錢、愛情、理想、以及榮譽和更平凡的夢）的人的鬧劇，雖然尷尬，但結尾總是沒有眼淚的。我們能責備他們嗎？誰沒有夢。

不過，他們已經醒過來了，現在惟一感到困難的，是怎樣能夠把它整個忘掉——怎樣收拾這個殘局，然後再各走各的路。

辦公室裏靜得只可以聽見輕微的呻吟和喟嘆聲。事情三頭六面從頭解釋過了，誤會冰釋了，現在他們靜坐在沙發上，追悼著所發生的悲劇。記者先生在明白真相之後走掉了，製片人的血壓已經下降，但過了度，臉色白後怕人；麥高撫著被小乖乖的尖指甲抓破的臉頰，呆呆的望著窗子——他那失去的愛情；導演的小兩口子，比新婚之夜更恩愛，偎倚著，黎牧的頭上、臉上、東一塊西一塊的貼著橡皮膏，狼狽萬分。

沒有人想說話，時間流過去，一秒一秒的接近另一個高潮——老頭子的光臨。

惟一被忽略的顧問先生終於得到了一個漏臉的機會，使他這個角色並沒有讓讀者認為交待不清。他這兩天為了酒女換制服的事——他反對這種事，他認為這是對人類尊嚴和對職業的侮辱；他覺得應該穿制服的不是酒女，而是酒客，讓社會上的人知道他們是上得起酒家的，高人一等的。因此，他也開始注意報紙上的反應。而這天的晚報卻讓他看見了一篇令他吃驚的文字：關於「五傑」公司的。嚴以正這次又搶到一次獨家新聞，他幾乎寫滿了一版。不過，這篇文字是一篇忠實的報導，只是把醜惡的假面幕揭開了——但，裏面是美麗而良善的。

賴老闆喘著氣，跑進辦公室，先盯了他們一下，然後把手上的晚報丟到錢通的面前。

「多有趣的新聞啊！」他用難聽的臺灣國語嚷著，然後在那張空的沙發上坐下，開始仔細的打量他們每個人的臉。

「你們丟得起這個臉！」他突然又咕嚕起來：「可是我丟不起——人家都知道我姓賴的是這家公司的顧問呀！」

這三個臭皮匠圍過來用一分鐘時間讀完「宣傳大員」的那一篇特稿，不約而同的把身體靠到沙發上，仰起頭。

「我提議要給他本年度的新聞採訪獎！」絕了望的製片人說。

「應該給的！」編劇用平靜得出奇的聲音接住他的話：「而且我還提議影劇協會和文藝協會，或者甚麼扶輪社、道德學術團體也發獎給我們——最佳的理想獎！最成功的導演獎！最偉大的愛情獎！我們都受之無愧！」

「別說了吧，」像一頭受了傷的鬧雞似的導演低弱地說：「白小姐她們快來了，還是想個甚麼主意應付吧！」

「主意？」胖子笑了，像哭一樣難看，「我看甚麼主意都不要想了——娜娜永遠不會回來了，主意有甚麼用。」

麥高也笑了。

「她應該跑得遠遠的，最好連作夢都不要回來！」他回過頭來對胖子說：「錢胖，你計算一下我應該攤多少錢吧！我到雜誌社去借——在這種時候，卑鄙下流的黃色作家魏勒潛先生總是最熱心，而且也靠得住的！」

黎牧望望身邊的小乖乖，露出一絲苦笑。

「幸好我沒有向公司辭職，」他說：「在公司裏雖然難得出頭，但總有那麼一天的，不是嗎？」

「當然是，」小女人溫婉地回答：「我倒希望你再過三十年才做導演！」

「為甚麼？」

「那個時候你老了，對女人的興趣也會安全一點！」

就在錢通計劃著如何把公司結束，再回到原來那家工業原料行做跑街時，辦公室的門第五度進來的當然是白爾薇和神氣活現的「老頭子」，看見梅董事長手上也拿著一份晚報，他們幾乎要暈過去。

怔了一陣，梅董事長伸手阻止白爾薇。

「用不著再介紹，」他看看手上的晚報，用矯飾的聲音說：「這裏已經介紹得很清楚了！」這個開場白是相當令人難堪的，白爾薇現在已經走到她那可憐的錢通的身邊去了，她摸著他那淌著汗珠的前額。「老頭子」微微地笑了笑——表示毫不介意。

「你們怎麼不說話呀！」他刁難地問。

他們仍然低頭不語，顧問開口了：

「他是甚麼人？」他指著老頭子，向錢通問。

「我？」梅董事長禮貌地鞠了個躬，「我姓梅，是『大膽姑娘』的投資人！」

賴顧問很快的便明白過來了，他連忙在口袋裏摸出一張大名片，雙手遞過去。

「哦，久仰久仰——我姓賴，這家公司的顧問，多指教多指教！」

錢通掙扎著要站起來。

「賴老闆！」他痛苦地喊著，把身體轉向梅老頭子，「董事長，事情你已經完全明白了，很抱歉，讓您浪費了時間？」

「浪費甚麼時間？」他瞟了白爾薇一眼：「我是誠心誠意來談正事的呀！」

「人都跑掉了，還有甚麼可談的！」製片人嘆了口氣。

「那有甚麼關係，」老頭子認真地說：「我相信的，是事情而不是人——而且我已經看出，你們是有頭腦的！」

「……」

「人跑了，就不能拍別的片子了嗎？」

他們同時把頭抬起來，視線集中在梅董事長的臉上。他認真地點了點頭，然後攤開手上的晚報。

「我覺得這就是一個最現實最動人的電影故事。」他說：「你們可以拍呀！我對諾言永遠是遵守的，」他又望了白爾薇一眼，目光慈祥而溫暖，「我支持你們！」

空氣很快的便在他們的肺葉裏膨脹起來。

「可是我們仍然要把娜娜找回來呀！」錢通忽然又絕望起來：「她的型，她的……她不會再回來了！」

「嗯，」老頭子點點頭，「娜娜，是絕對不會回來了——不過我倒可以向你們介紹一位。」

「哦！」

「你們不是要另外找人嗎？」

「是甚麼樣子的？」

「大致和你們跑掉的娜娜小姐差不多吧！」

「她會演戲嗎？」

「我相信她會，而且我還讀到一封可以作為推薦信的信。」他小心地從衣袋裏拿出一封信。梅董事長和麥高的目光接觸了一下，這一瞬裏充滿了讚許和信賴。他調整了一下自己的聲音，然後繼續說：

「你們不妨試試看！」

一切理想和希望又神奇的回來了。

「那太好了！」錢通容光煥發地接著問：「我們甚麼時候可以見見她？」

「我已經把她帶來了！」

白爾薇驚異地望著梅董事長，他們剛才是約好在公司的門口見面的，她完全沒有想到他會帶了甚麼人來。現在，他過去把辦公室的門拉開，然後向外面說：

「不要害羞，進來呀！」

停了停，終於進來了，是一個美麗的女孩子——梅多靈。

「啊！娜娜！」錢通叫起來。這次，他真的暈了過去。

梅多靈深情地望著麥高，室內又回復先前的沉寂。

「她是我的女兒，」梅董事長說：「現在我把她交給你們了——片子籌備好了馬上通知我，至於片名，就用晚報上的標題，叫『尋夢者』吧——好了，我有點事，我先走了！」

梅多靈連忙拉住父親的手。

「爸，您要到那兒？」

「聽著，」父親慈愛地擰擰女兒的臉頰，「這是一個秘密！我要去中和鄉，見見妳的媽媽！」

當然，賴顧問免不了想再又請一次客，但錢通的心裏，卻有一點難過，因為嚴以正這篇真實的報導馬上便要變成最可笑的謠言了。

「現實就是這樣，」他隨即安慰自己：「這點小挫折他會受得了的，他不是在找尋著他自己的夢嗎？」

潘壘全集10　PG1283

新銳文創 INDEPENDENT & UNIQUE　尋夢者

作　　者　　潘　壘
責任編輯　　林泰宏、李書豪
圖文排版　　周妤靜
封面設計　　王嵩賀

出版策劃　　新銳文創
發 行 人　　宋政坤
法律顧問　　毛國樑　律師
製作發行　　秀威資訊科技股份有限公司
114 台北市內湖區瑞光路76巷65號1樓
電話：+886-2-2796-3638　傳真：+886-2-2796-1377
服務信箱：service@showwe.com.tw
http://www.showwe.com.tw
郵政劃撥　　19563868　戶名：秀威資訊科技股份有限公司
展售門市　　國家書店【松江門市】
104 台北市中山區松江路209號1樓
電話：+886-2-2518-0207　傳真：+886-2-2518-0778
網路訂購　　秀威網路書店：http://www.bodbooks.com.tw
國家網路書店：http://www.govbooks.com.tw

出版日期　　2015年10月　BOD一版
定　　價　　300元

Printed in Taiwan

國家圖書館出版品預行編目

尋夢者 / 潘壘著. -- 一版. -- 臺北市 : 新銳文創,
2015.10
面； 公分. -- (潘壘全集 ; 10)
BOD版
ISBN 978-986-6094-32-3(平裝)

857.7 104008018

讀者回函卡

感謝您購買本書，為提升服務品質，請填妥以下資料，將讀者回函卡直接寄回或傳真本公司，收到您的寶貴意見後，我們會收藏記錄及檢討，謝謝！

如您需要了解本公司最新出版書目、購書優惠或企劃活動，歡迎您上網查詢或下載相關資料：http:// www.showwe.com.tw

您購買的書名：________________________________

出生日期：________年________月________日

學歷：□高中（含）以下　□大專　□研究所（含）以上

職業：□製造業　□金融業　□資訊業　□軍警　□傳播業　□自由業

□服務業　□公務員　□教職　□學生　□家管　□其它_____

購書地點：□網路書店　□實體書店　□書展　□郵購　□贈閱　□其他

您從何得知本書的消息？

□網路書店　□實體書店　□網路搜尋　□電子報　□書訊　□雜誌

□傳播媒體　□親友推薦　□網站推薦　□部落格　□其他__________

您對本書的評價：（請填代號　1.非常滿意　2.滿意　3.尚可　4.再改進）

封面設計____　版面編排____　內容____　文／譯筆____　價格____

讀完書後您覺得：

□很有收穫　□有收穫　□收穫不多　□沒收穫

對我們的建議：________________________________

____

____

____

請貼
郵票

11466
台北市內湖區瑞光路 76 巷 65 號 1 樓
秀威資訊科技股份有限公司 收
BOD 數位出版事業部

（請沿線對折寄回，謝謝！）

姓　　名：＿＿＿＿＿＿＿＿　年齡：＿＿＿＿　性別：□女　□男

郵遞區號：□□□□□

地　　址：＿＿＿＿＿＿＿＿＿＿＿＿＿＿＿＿

聯絡電話：(日)＿＿＿＿＿＿＿＿　(夜)＿＿＿＿＿＿＿＿

E-mail：＿＿＿＿＿＿＿＿＿＿＿＿＿＿＿＿